"

城市文学的兴起与实践

孟繁华 —— 著

以深圳文学为中心 "

作家出版社

目录

建构时期的中国城市文学

——当下中国文学状况的一个方面

百年来，由于中国的社会性质和特殊的历史处境，乡土文学和农村题材一直占据着中国文学的主流地位。这期间虽然也有变化或起伏波动，但基本方向并没有改变。即便是在新世纪发生的"底层写作"，其书写对象也基本在乡村或城乡交界处展开。但是，近些年来，作家创作的取材范围开始发生变化，不仅一直生活在城市的作家以敏锐的目光努力发现正在崛起的新文明的含义或性质，而且长期从事乡村题材写作的作家也大都转身书写城市题材。这里的原因当然复杂。根据国家公布的城镇化率计算，2011 年我国城镇人口超过了农村人口。这个人口结构性的变化虽然不足以说明作家题材变化的原因，但可以肯定的是，城市人口的激增，也从一个方面加剧了城市原有的问题和矛盾。比如就业、能源消耗、污染、就学、医疗、治安等。文学当然不是处理这些事务的领域，但是，这些问题的积累和压力，必定会影响到世道人心，必定会在某些方面或某种程度上催发或膨胀人性中不确定性的东西。而这就是文学书写和处理的主要对象和内容。当下作家的主力阵容也多集中在城市，他们对城市生活的切身感受，是他们书写城市生活最重要的依据。

我曾分析过乡村文明崩溃后新文明的某些特征：这个新的文明我们暂时还很难命名。这是与都市文明密切相关又不尽相同的一种文明，是多种文化杂糅交汇的一种文明。我们知道，当下中国正在经历着不断加速的城市化进程，这个进程最大的特征就是农民进城。这是又一次巨大的迁徙运动。历史上我们经历过几次重大的民族大迁徙，比如客家人从中原向东南地区的迁徙、锡伯族从东北向新疆的迁徙、山东人向东北地区的迁徙等。这些迁徙几乎都是向边远、蛮荒的地区流动。这些迁徙和流动起到了文化交融、边地开发或守卫疆土的作用，并在当地构建了新的文明。但是，当下的城市化进程与上述民族大迁徙都非常不同。如果说上述民族大迁徙都保留了自己的文化主体性，那么，大批涌入城市的农民或其他移民，则难以保持自己的文化主体性，他们是城市的"他者"，必须想尽办法尽快适应城市并生存下来。流动性和不确定性是这些新移民最大的特征，他们的焦虑、矛盾以及不安全感是最鲜明的心理特征。这些人改变了城市原有的生活状态，带来了新的问题。正是这多种因素的综合作用，造就了正在形成的以都市文化为核心的新文明。[1]

这一变化在文学领域的各个方面都有反映。比如评奖——2012年《中篇小说选刊》公布了2010—2011年度"古井贡杯"全国优秀中篇小说获奖作品：蒋韵的《行走的年代》、陈继明的《北京和尚》、叶兆言的《玫瑰的岁月》、余一鸣的《不二》、范小青的《嫁入豪门》、迟子建的《黄鸡白酒》等六部；第四届"茅台杯"《小说选刊》年度大奖获奖作品：中篇小说是弋舟的《等深》、方方的《声音低回》、海飞的《捕风者》；短篇小说是范小青的《短信飞吧》、裘山山的《意外伤害》、女真的《黑夜给了我明亮的眼睛》。这些作品居然没有一部是农村或乡土题材的。这两个例证可能有些偶然性或极端化，而且这两个奖项也不是全国影响最大的文学奖，但是，它的"症候"性却不作宣告地证实了文学新变局的某些方面。

在我看来，当代中国的城市文化还没有建构起来，城市文学也在建构之中。这里有两个方面的原因：一是二十世纪五六十年代，我们一直存在着一个"反城市的现代性"。反对资产阶级的香风毒雾，主要是指城市的"资产阶级"生活方式，因此，从五十年代初期批判萧也牧的《我们夫妇之间》，到话剧《霓虹灯下的哨兵》《千万不要忘记》等作品的被推崇，反映的都是这一意识形态，也就是对城市生活的警觉和防范。在这样的政治文化背景下，城市文学的生长几乎是不可能的。二是现代城市文学从某种意义上说是"贵族文学"，没有贵族，就没有文学史上的现代城市文学。不仅西方如此，中国亦是如此。"新感觉派"、张爱玲的小说以及曹禺的《日出》、白先勇的《永远的尹雪艳》等，都是通过"贵族"或"资产阶级"生活来反映城市生活的；虽然老舍开创了表现北京平民生活的小说，并在今天仍然有回响，比如刘恒的《贫嘴张大民的幸福生活》，但对当今的城市生活来说，已经不具有典型性。王朔的小说虽然写的是北京普通青年生活，但王朔的嬉笑怒骂调侃讽喻，隐含了明确的精英批判意识和颠覆诉求。因此，只有建构起当下中国的城市文化经验——如同建构稳定的乡土文化经验一样，城市文学才能够真正的繁荣发达。尽管如此，我们还是看到了作家对都市生活顽强的表达——这是艰难探寻和建构中国都市文学经验的一部分。

表面看，官场、商场、情场、市民生活、知识分子、农民工等，都是与城市文学相关的题材。当下中国的城市文学也基本是在这些书写对象中展开的。一方面，我们应该充分肯定当下城市文学创作的丰富性。在这些作品中，我们有可能部分地了解了当下中国城市生活的面貌，帮助我们认识今天城市的世道人心及价值取向。另一方面，我们也必须承认，建构时期的中国城市文学，也确实表现出了它过渡时期的诸多特征和问题。探讨这些特征和问题，远比作出简单的好与不好的判断更有意义。在我看来，城市文学尽管已经成为这个时代文学创作的主流，但是，它的热闹和繁荣也仅仅表现在数量和趋向上。中国城市生活最深层的东西还是一个隐秘的存在，最有价值的文学形象很可能没有在当下的作品中得到表达，隐藏在城市人内心的秘密还远没有被揭示出来。具体地说，当下城市文学的主要问题是：

一、城市文学还没有表征性的人物

今天的城市文学，有作家、有作品、有社会问题、有故事，但就是没有这个时代表征性的文学人物。文学史反复证实，任何一个能在文学史上存留下来并对后来的文学产生影响的文学现象，首先是创造了独特的文学人物，特别是那些"共名"的文学人物。比如法国的"局外人"，英国的"漂泊者"，俄国的"当代英雄""床上的废物"，日本的"逃遁者"，现代中国的"零余者"，美国的"遁世少年"等人物，代表了东西方不同时期的文学成就。如果没有这些人物，东西方文学的巨大影响就无从谈起；当代中国"十七年"文学，如果没有梁生宝、萧长春、高大泉这些人物，不仅难以建构起社会主义初期的文化空间，甚至也难以建构起文学中的社会主义价值系统；新时期以来，如果没有知青文学、"右派文学"中的受难者形象，以隋抱朴为代表的农民形象，现代派文学中的反抗者形象，"新写实文学"中的小人物形象，以庄之蝶为代表的知识分子形象，王朔的"顽主"等，也就没有新时期文学的万千气象。但是，当下的城市文学虽然数量巨大，我们却只见作品不见人物。"底层写作""打工文学"整体上产生了巨大的社会效应，但它的影响基本是文学之外的原因，是现代性过程中产生的社会问题。我们还难以从中发现有代表性的文学人物。因此，如何创作出城市文学中的典型性人物，比如现代文学中的白流苏、骆驼祥子等，是当下作家面临的重要问题。当然，没落贵族的旧上海、平民时代的老北京，已经成为过去。我们正在面临和经历的新的城市生活，是一个不断建构和修正的生活。彭名燕、曹征路、邓一光、李兰妮、南翔、吴君、谢宏、蔡东、毕亮等几代作家，正在从不同的方面表达对深圳这座新城市的感受，讲述着深圳不同的历史和现在。他们的创作的不同特点，从某个方面也可以说是当下中国城市文学的一个缩影。因此，深圳文学对当下中国文学而言，它的症候性非常具有代表性。这些优秀的作家虽然还没有创作出令人震撼的、具有普遍意义的人物形象，但是，他们积累的城市文学创作经验，预示了他们在不远的将来终会云开日出柳暗花明。

但是，就城市文学的人物塑造而言，普遍的情况远不乐观。更多的作品单独来看都是很好的作品，都有自己的特点和发现。但如果整体观察的时候，这个文学书写的范畴就会像北京的雾霾一样变得极端模糊。或许，这也是批评界对具体的作家肯定，对整体的文学持有批评的依据之一。事实也的确如此。比如鲁敏，绝对是一个优秀作家，她的许多作品频频获奖已经从一个方面证实了这个说法并非虚妄。但是，她转型书写城市文学之后，总会给人一种勉为其难的感觉。比如她的《惹尘埃》[（2）]，是一篇典型的书写都市生活的小说：年轻的妇人肖黎患上了"不信任症"："对目下现行的一套社交话语、是非标准、价值体系等等高度质疑、高度不合作，不论何事、何人，她都会敏感地联想到欺骗、圈套、背叛之类，统统投以不信任票。"肖黎并不是一个先天的"怀疑论者"，她的不信任源于丈夫的意外死亡。丈夫两年半前死在了城乡交界处的"一个快要完工但突然塌陷的高架桥下"，他是大桥垮塌事件唯一的遇难者。就是这样一个意外事件，改变了肖黎的"世界观"：施工方在排查了施工单位和周边学校、住户后，没发现有人员伤亡并通过电台对外作了"零死亡"的报道。但是死亡的丈夫终于还是被发现了，这对发布"零死亡"的人来说遇到了麻烦。于是他们用丈夫的电话给肖黎打过去，先是表示抚慰，然后解释时间，"这事情得层层上报，现场是要封锁的，不能随便动的，但那些记者又一直催着，要统一口径、要通稿，我们一直是确认没有伤亡的"；接着是地点，"您的丈夫'不该'死在这个地方，当然，他不该死在任何地方，他还这么年轻，请节哀顺便……我们的意思是，他的死跟这个桥不该有关系、不能有关系"；然后是"建议"："您丈夫已经去了，这是悲哀的，也不可更改了，但我们可以把事情尽可能往好的方向去发展……可不可以进行另一种假设？如果您丈夫的死亡跟这座高架桥无关，那么，他会因为其他的什么原因死在其他的什么地点吗？比如，因为工作需要，他外出调查某单位的税务情况，途中不幸发病身亡？我们想与您沟通一下，他是否可能患有心脏病、脑血栓、眩晕症、癫痫病……？不管哪一条，这都是因公死亡……"接着还有"承诺"和巧妙的施压。这当然都是阴谋，是弥天大谎。处在极度悲痛中的肖黎，又被这惊人的冷酷撕裂了心肺。

但是，事情到这里远没有结束——肖黎要求将丈夫的的随身物品还给她，钥匙、手机、包等。当肖黎拿到丈夫的手机后，她发现了一条信息和几个未接的同一个电话。那条信息的署名是"午间之马"。"肖黎被'午间之马'击中了，满面是血，疼得不敢当真。这伪造的名字涵盖并揭示了一切可能的鬼魅与欺骗。"正是这来自社会和丈夫两方面的欺骗，使肖黎患上了"不信任症"。不信任感和没有安全感，是当下人们普遍的心理症候，而这一症候又反过来诠释了这个时代的病症。如果对一般人来说这只是一种感受的话，那么对肖黎来说就是切肤之痛了。于是，"不信任症"真的就成了一种病症，它不只是心理的，更重要的是它要诉诸生活实践。那个年过七十的徐医生徐老太太，应该是肖黎的忘年交，她总是试图帮助肖黎开始"新生活"，肖黎的拒绝也在意料和情理之中。落魄青年韦荣以卖给老年人保健品为生，在肖黎看来这当然也是一个欺骗的行当。当肖黎勉为其难地同意韦荣住进她的地下室后，韦荣的日子可想而知。他屡受肖黎的刁难、质问甚至侮辱性的奚落。但韦荣只是为了生活从事了这一职业，他并不是一个坏人或骗子。倒是徐老太太和韦荣达观的生活态度，最后改变了肖黎。当徐老太太已经死去、韦荣已经远去后，小说结尾有这样一段议论：

也许，怀念徐医生、感谢韦荣是假，作别自己才是真——对伤逝的纠缠，对真实与道德的信仰，对人情世故的偏见，皆就此别过了，她将会就此踏入那虚实相间、富有弹性的灰色地带，与虚伪合作，与他人友爱，与世界交好，并欣然承认谎言的不可或缺，它是建立家国天下的野心，它是构成宿命的要素，它鼓励世人对永恒占有的假想，它维护男儿女子的娇痴贪，它是生命中永难拂去的尘埃，又或许，它竟不是尘埃，而是菌团活跃、养分丰沛的大地，是万物生长之必须，正是这谎言的大地，孕育出辛酸而热闹的古往今来。

"惹尘埃"就是自寻烦恼和自己过不去吗？如果是这样，这篇小说就是一部劝诫小说，告诫人们不要"惹尘埃"；那么，小说是要人们浑浑噩噩得过且过吗？当然也不是。《惹尘埃》写出了当下生活的复杂以及巨大的惯性力量。有谁能够改变它呢？流淌在小说中的是一种欲说还休的无奈感。而小说深深打动我们的，还是韦荣对肖黎那有节制的温情。这些都毋庸置疑地表明《惹尘埃》是一部好小说，它触及的问题几乎就要深入社会最深层。但是，放下小说以后，里面的人物很难让我们再想起——作家更多关注的是城市的社会问题，而人物性格的塑造却有意无意地被忽略了。类似的情况我们在很多优秀作家的作品都可以看到。文学在今天要创作出具有"共名"性的人物，确实并非易事。20世纪90年代以来社会生活和文化生活的多样性和多元性，使文学创作主题的同一性成为不可能，那种集中书写某一典型或类型人物的时代已经过去。但是，更重要的问题可能还是作家洞察生活的能力以及文学想象力的问题。同样是90年代，《废都》中的庄之蝶及其女性形象，还活在今天读者的记忆中。就是因为贾平凹在90年代发现了知识分子精神的幻灭这一惊天秘密，他通过庄之蝶将一个时代的巨大隐秘表现出来，一个"共名"的人物就这样诞生了。李佩甫《羊的门》中的呼天成、阎真《沧浪之水》中的池大为等人物，同样诞生于90年代末期就是有力的佐证。因此，社会生活的多样性、文化生活的多元性，只会为创作典型人物或"共名"人物提供更丰饶的土壤，而绝对不会构成障碍。

二、城市文学没有青春

90年代以后，当代文学的青春形象逐渐隐退以致面目模糊。青春形象的退隐，是当下文学被关注程度不断跌落的重要原因之一，也是当下文学逐渐丧失活力和生机的佐证。也许正因为如此，方方的《涂自强的个人悲伤》发表以来，引起了强烈的反响，这在近年来的小说创作中并不多见。《涂自强的个人悲伤》打动了这么多读者，特别是青年读者的心，重要的原因就是方方重新接续了百年中国文学关注青春形象的传统，并以直面现实的勇气，从一个方面表现了当下中国青年的遭遇和命运。

涂自强是一个穷苦的山里人家的孩子，他考取了大学，但他没有也不知道"春风得意马蹄疾，一日看尽长安花"的心境。全村人拿出一些零散票子，勉强凑够了涂自强的路费和学费，他告别了山村。从村长到乡亲都说：念大学，出息了，当大官，让村里过上好日子，哪怕只是修条路。"涂自强出发那天是个周五。父亲早起看了看天，说了一句，今儿天色好出门。屋外的天很亮，两架大山耸着厚背，却也遮挡不住一道道光明。阳光轻松地落在村路上，落得一地灿烂。山坡上的绿原本就深深浅浅，叫这光线一抹，仿佛把绿色照得升腾起来，空气也似透着绿。"这一描述，透露出的是涂自强、父亲以及全村人的心情，涂自强就要踏上一条有着无限未来和期许的道路了。但是，走出村庄之后，涂自强必须经历他虽有准备但一定是充满了无比艰辛的道路——他要提早出发，要步行去武汉，要沿途打工挣出学费。于是，他在餐馆打工，洗过车，干各种杂活，同时也经历了与不同人的接触并领略了人间的暖意和友善，他终于来到学校。大学期间，涂自强在食堂打工，做家教，没有放松一分钟，不敢浪费一分钱。但即将考研时，家乡因为修路挖了祖坟，父亲一气之下大病不起最终离世。毕业了，涂自强住在又脏又乱的城乡交界处。然后是难找工作，被骗，欠薪；祸不单行的是家里老屋塌了，母亲伤了腿。出院后，跟随涂自强来到武汉。母亲去餐馆洗碗，做家政，看仓库，扫大街，和涂自强相依为命勉强度日。最后，涂自强积劳成疾，在医院查出肺癌晚期。他只能把母亲安置在莲溪寺——

> 涂自强看着母亲隐没在院墙之后，他抬头望望天空，好一个云淡风轻的日子，这样的日子怎么适合离别呢？他黯然地走出莲溪寺。沿墙行了几步，脚步沉重得他觉得自己已然走不动路，便蹲在了墙根下，好久好久。他希望母亲的声音能飞过院墙，传达到他这里。他跪下来，对着墙说，妈，不知道什么时候才能再见。妈，我对不起你。

此时涂自强的淡定从容来自绝望之后，这貌似平静的诀别却如惊雷滚地。涂自强从家乡出发的时候是一个"阳光轻松地落在村路上，落得一地灿烂"的日子。此时的天空是一个"云淡风轻的日子"。从一地灿烂到云淡风轻，涂自强终于走完了自己年轻、疲惫又一事无成的一生。在回老家的路上，他永远离开了这个世界。小说送走了涂自强后说：

> 这个人，这个叫涂自强的人，就这样一步一步地
> 走出这个世界的视线。此后，再也没有人见到涂自强。
> 他的消失甚至也没被人注意到。这样的一个人该有多么
> 的孤单。他生活的这个世道，根本不知他的在与不在。

读《涂自强的个人悲伤》，很容易想到 1982 年路遥的《人生》。80 年代是中国改革开放的初始时期，也是压抑已久的中国青年最为躁动和跃跃欲试的时期。改革开放的时代环境使青年，特别是农村青年有机会通过传媒和其他资讯方式了解城市生活，城市的灯红酒绿和花枝招展总会轻易地调动农村青年的想象。于是，他们纷纷逃离农村来到城市。城市与农村看似一步之遥却间隔着不同的生活方式和传统，农村的前现代传统虽然封闭，却有着巨大的难以超越的道德力量。高加林对农村的逃离和对农村恋人巧珍的抛弃，喻示了他对传统文明的道别和奔向现代文明的决绝。但城市对"他者"的拒绝是高加林从来不曾想象到的。路遥虽然很道德化地解释了高加林失败的原因，却从一个方面表达了传统中国青年迈进"现代"的艰难历程。作家对"土地"或家园的理解，也从一个方面延续了现代中国

作家的土地情结，或者说，只有农村和土地才是青年或人生的最后归宿。但事实上，农村或土地，是只可想象而难以经验的，作为精神归属，在文化的意义上只因别无选择。90年代以后，无数的高加林涌进了城市，他们会遇到高加林的问题，但不会全部返回农村。"现代性"有问题，但也有它不可阻挡的巨大魅力。另外，高加林虽然是个"失败者"，但我们可以明确地感觉到高加林未作宣告的巨大"野心"。他虽然被取消公职，被重又打发回农村，恋人黄亚萍也与其分手，被他抛弃的巧珍早已嫁人，高加林失去了一切，独自一身回到农村，扑倒在家乡的黄土地上。但是，我们总是觉得高加林身上有一股"气"，这股气相当混杂，既有草莽气也有英雄气，既有小农气息也有当代青年的勃勃生机。因此，路遥在讲述高加林这个人物时，他是怀着抑制不住的欣赏和激情的。高加林给人的感觉是总有一天会东山再起卷土重来的。

但是涂自强不是这样。涂自强一出场就是一个温和谨慎的山村青年。这不只是涂自强个人性格使然，他更是一个时代青春面貌的表征。这个时代，高加林的性格早已终结。高加林没有读过大学，但他有自己的目标和信念：他就是要进城，而且不只是做一个普通的市民，他就是要娶城里的姑娘，为了这些甚至不惜抛弃柔美多情的乡下姑娘巧珍。高加林内心有一种不达目的不罢休的"狠劲"，这种性格在乡村中国的人物形象塑造中多有出现。但是，到涂自强的时代，不要说高加林的"狠劲"，就是合理的自我期许和打算，也已经显得太过奢侈。比如《人生》中的高加林轰轰烈烈地谈了两场恋爱，他春风得意地领略了巧珍的温柔多情和黄亚萍的热烈奔放。但是，可怜的涂自强呢，那个感情很好的女同学采药高考落榜了，分别时只是给涂自强留下一首诗："不同的路／是给不同的脚走的／不同的脚／走的是不同的人生／从此我们就是／各自路上的行者／不必责怪命运／这只是我的个人悲伤。"涂自强甚至都没来得及感伤就步行赶路去武汉了。对一个青年而言，还有什么能比没有爱情更让人悲伤无望呢，但涂自强没有。这不是作家方方的疏漏，只因为涂自强没有这个能力甚至权利。因此，小说中没有爱情的涂自强只能更多将情感倾注于亲情上。他对母亲的爱和最后诀别，是小说最动人的段落之一。方方说："涂自强并不抱怨家庭，只是觉得自己运气不好，善良地认为这只是'个人悲伤'。他非常努力，方向非常明确，理想也十分具体。"但结果却是，一直在努力，从未得到过。其实，他拼命想得到的，也仅仅是能在城市有自己的家、让父母过上安定的生活——这是有些人生来就拥有的东西。然而，最终夭折的不仅是理想，还有生命。[3] 过去我们认为，青春永远是文学关注的对象，是因为这不仅源于年轻人决定着不同时期的社会心理，同时还意味着他们将无可质疑地占领着未来。但是，从涂自强以及社会上的传说到方方小说中的确认，我们不得不改变过去的看法：如果一个青年无论怎样努力，都难以实现自己哪怕卑微的理想或愿望，那么，这个社会是大有问题的，生活在这个时代的青年是没有希望的。从高加林时代开始，青年一直是"落败"的形象——从高加林的大起大落、现代派"我不相信"的失败"反叛"，一直到各路青春的"离经叛道"或"离家出走"，青春的"不规则"形状决定了他们必须如此，如果不是这样那就不是青春。他们是"失败"的，同时也是英武的。但是，涂自强是多么规矩的青年啊，他没有抱怨、没有反抗，他从来就没想做一个英雄，他只想做一个普通人，但是命运还是不放过他直至将他逼死，这究竟是为什么！一个青年努力奋斗却永远没有成功的可能，扼制他的隐形之手究竟在哪里，或者究竟是什么力量将涂自强逼到了万劫不复的境地。一个没有青春的时代，就意味着是一个没有未来的时代。方方的这部作品从一个方面启示我们，关注青春是城市文学的重要方面，特别是从乡村走向城市的青年，不仅为文学提供了丰饶的土壤，更重要的是，从乡村走向城市，也是当今中国社会的一个巨大隐喻。我甚至隐约感觉到，中国伟大的文学作品，很可能产生在从乡村到城市的这条道路上。高加林、涂自强都是这样的青年。

三、城市文学的"纪实性"困境

百年中国特殊的历史处境，决定了中国文学与现实的密切关系。如果有点历史感，我们都会认为文学的这一选择没有错误。当国家民族处在风雨飘摇危在旦夕的时刻，作家自觉地选择了与国家民族同呼吸共命运，这是百年中国文学值得引以为荣的伟大传统。但是，文学毕竟是一个虚构领域，想象力毕竟还是文学的第一要义。因此，没有大规模地受到浪漫主义文学洗礼的中国文学，一直保持着与现实的"反映"关系，使文学难以"飞翔"而多呈现为写实性。只要我们看看"底层写作"和"打工文学"，它的非虚构性质或报告文学特征就一目了然。

关仁山是当下最活跃、最勤奋的作家之一。在我看来，关仁山的价值还不在于他的活跃和勤奋，而是他对当下中国乡村变革——具体地说是对冀东平原乡村变革的持久关注和表达。因此可以说，关仁山的创作是与当下中国乡村生活关系最为密切和切近的创作。自"现实主义冲击波"以来，关仁山的小说创作基本集中在长篇上，中、短篇小说写得不多。现在要议论的这篇《根》[4]是一部短篇小说，而且题材也有了变化。

小说的内容并不复杂：女员工任红莉和老板张海龙发生了一夜情——但这不是男人好色女人要钱的烂俗故事。老板张海龙不仅已婚，而且连续生了三个女儿。重男轻女、一心要留下"根儿"的张海龙怀疑自己的老婆再也不能生儿子了，于是，他看中了女员工任红莉，希望她能给自己带来好运——为自己生一个儿子。任红莉是已婚女人，她对丈夫和自己生活的评价是：他"人老实、厚道，没有宏伟的理想，性格发闷，不善表达。他目光迷茫，听说落魄的人都是这样目光。跟这种男人生活在一起，非常踏实。就算他知道自己女人有了外遇，他也不会用这种以牙还牙的方式。他非常爱我，我在他心中的地位，谁也无法动摇。我脾气暴躁，他就磨出一副好耐性。为了维持家庭的和谐，他在很多方面知道怎样讨好我，即便有不同意见，他也从来不跟我当面冲突。其实，他一点不窝囊，不自卑，嘴巴笨，心里有数，甚至还极为敏感。我不用操心家里的琐碎事。生活清贫，寒酸，忙乱，但也有别样的清静、单纯"。但是任红莉毕竟还是出轨了。任红莉的出轨最根本的原因还是利益的问题，而不是做一个代孕母亲。张海龙多次说服和诱惑后，任红莉终于想通了："换个角度看问题，一种更为广阔的真实出现在我的视野。刹那间，我想通了，如今人活着，并不只有道德一个标准吧？并不是违背道德的人都是坏人。我心里储满了世俗和轻狂。我和阎志的爱情变得那样脆弱、轻薄。我们的生存面临困境了，牟利是前提，人们现在无处不在地相互掠夺与赚钱。赚钱的方式，是否卑鄙可耻，这另当别论了。他没有本事，我怎能袖手旁观？从那一天开始，恐惧从我的心底消失了。这一时期，我特别讨厌以任何道德尺度来衡量自己的思想和行为。可是，有另外一种诱惑吸引着我。资本像个传说，虽然隐约，却风一样无处不在。一种致命的、丧失理智的诱惑，突然向我袭来了。我似乎抓住了救命稻草，我要给张海龙生个孩子。"

任红莉终于为张海龙生了孩子。不明就里的丈夫、婆婆的高兴可想而知，张海龙的兴奋可想而知。任红莉也得到了她想得到的东西，似乎一切都圆满。但是，面对儿子、丈夫、张海龙以及张海龙的老婆，难以理清的纠结和不安的内心，在惊恐、自责、幻想等各种心理因素的压迫左右下，任红莉终于不堪重负成了精神病人。关仁山的这篇小说要呈现的就是任红莉怎样从一个健康的人成为一个精神病人的。苏珊·桑塔格有一本重要的著作——《疾病的隐喻》，收录了两篇重要的论文：《作为隐喻的疾病》和《艾滋病及其隐喻》。桑塔格在这部著作中反思批判了诸如结核病、艾滋病、癌症等疾病，是如何在社会的演绎中一步步隐喻化的。这个隐喻化就是"仅仅是身体的一种病"如何转换成了一种社会道德批判和政治压迫的过程。桑塔格关注的并不是身体疾病本身，而是附着在疾病上的隐喻。所谓疾病的隐喻，就是疾病之外的具有某种象征意义的社会压力。疾病属于生理，而隐喻归属于社会意义。在桑塔格看来，疾病在给人带来生理、心理的痛苦之外，还有一种更为可怕的痛苦，那就是关于疾病意义的阐释以及由此导致的对于疾病和死亡的态度。

任红莉的疾病与桑塔格所说的隐喻构成了关系，或者说，任红莉的疾病是违背社会道德的直接后果。值得注意的是，这个隐秘事件导致的病患并不是源于社会政治和道德批判的压力，而恰恰是来自任红莉个人内心的压力。在这个意义上说，任红莉还是一个良心未泯，有耻辱心、负罪感的女人。任红莉代人生子并非主动自愿，作为一个女人，她投身社会的那一刻，她的身体也同时被男性所关注，因此，从某种意义上说，对女性身体的争夺是历史发展的一部分。《根》中描述的故事虽然没有公开争夺女性的情节，但暗中的争夺从一开始就上演并愈演愈烈。值得注意的是，男人与女人的故事历来如此，受伤害的永远是女人。但话又说回来，假如任红莉对物质世界没有超出个人能力的强烈欲望，假如这里没有交换关系，任红莉会成为一个精神病人吗？关仁山在《根》中讲述的故事对当下生活而言当然也是一个隐喻——欲望是当下生活的主角，欲望在推动着生活的发展，这个发展不计后果且没有方向，因此，欲望如果没有边界的话就非常危险。尽管在周医生的治疗下任红莉解除或缓解了病痛，但我们也知道，这是一个乐观或缺乏说服力的结尾——如果这些病人通过一场谈话就可以如此轻易地解除痛苦的话，那么，我们何妨也铤而走险一次？如是看来，《根》结尾的处理确实简单了些。从另一方面看，一直书写乡村中国的关仁山，能选择这一题材，显然也是对自己的挑战。

但是，值得我们进一步深究的是，生活中存在的"一夜情"在文学中究竟应该怎样表达，或者说，这样的生活现象为文学提供了哪些"不可能"性。新世纪以来，关于"一夜情"的作品曾大行其道。比如《天亮以后说分手》的受欢迎程度在一个时期里几乎所向披靡，随之而来的《长达半天的快乐》《谁的荷尔蒙在飞》《我把男人弄丢了》《紫灯区》等也极度热销。这些作品从一个方面反映了年轻一代的价值观以及时代的文化氛围，同时也与市场需求不无关系。有人认为《天不亮就分手》与美国作家罗伯特·詹姆斯·沃勒的《廊桥遗梦》相类似，并断言"肯定没有人觉得它是一部庸俗低级的书"[5]。这个判断显然是值得商榷的。《廊桥遗梦》作为通俗的文学读物，在美国也被称为"白开水小说"。它的主要读者是无所事事的中年家庭妇女或家庭主妇，小说的整体构思都是为了适应这个读者群体设计。一个摄影艺术家与一个中年家庭主妇偶然邂逅并发生了几天的情感。但这个家庭主妇弗朗西斯卡最后还是回到了家庭，艺术家金凯在一个大雨滂沱的夜晚远走他乡。这个再通俗不过的故事，一方面满足了中年妇女婚外情的想象性体验，一方面又维护了美国家庭的尊严。因此，它的好莱坞式的情节构成虽然说不上"庸俗低级"，但肯定与高雅文学无关。从这个意义上来说，当下中国都市文学中关于"一夜情"的书写，甚至还没有达到西方"骑士文学"的水准，更不要说后来的浪漫主义文学了。因此，问题不在于是否写了"一夜情"，重要的是作家在这些表面生活背后还会为我们提供什么？当下都市文学在情感关系的书写上，还大多处在类似《根》这样作品的水准，普遍存在的问题是还难以深入地表现这个时代情感关系攫取人心的东西。这一方面，应该说美国作家菲茨杰拉德的《了不起的盖茨比》还是给了我们巨大的启示。盖茨比与黛茜的故事本来是个非常普通的爱情故事。但作家的深刻就在于，盖茨比以为靠金钱、地位或巨大的物质财富就可以重温失去的旧梦，就可以重新得到曾经热恋的姑娘。但是盖茨比错了，为了追回黛茜他耗尽了自己的感情和一切，甚至葬送了自己的生命。他不仅错误地理解了黛茜这个女人，也错误地理解了他所处的社会。盖茨比的悲剧就源于他一直坚信自己编织的梦幻。但是，小说的动人之处就在于盖茨比的痴情，就在于盖茨比对爱情的心无旁骛。他几乎动用了所有的手段试图唤回黛茜昔日的情感。他失败了。但成功的文学人物几乎都是失败者，因为他们不可能获得俗世的成功。有趣的是，这部写于20世纪20年代的小说所呈现的，特别酷似情感生活失序的当下中国。可惜的是，关于爱情、关于人的情感世界与物质世界的关系，我们除了写下一堆艳俗无比的故事外，几乎乏善可陈。对生活表层的"纪实性"表现，是当下城市文学难以走出的困境之一。应该说菲茨杰拉德创造性地继承了浪漫主义的文学传统，他的想象力与深刻性几乎无与伦比。

因此，这个时候我们特别需要重温西方19世纪浪漫主义文学。勃兰兑斯在《19世纪文学主流》中论述的"法国浪漫派""英国浪漫派""青年德意志"等涉及的作品，也许会为我们城市文学创作提供新的想象空间或启示。在这方面，一些书写历史的作品恰恰提供了值得注意的经验。比如蒋韵的《行走的年代》[6]，这是一篇受到普遍好评的小说。如何讲述80年代的故事，如何通过小说表达我们对80年代的理解，就如同当年如何讲述抗日、反右和"文革"的故事一样。在80年代初期的中国文坛，"伤痕文学"既为主流意识形态所肯定，也在读者那里引起了巨大反响。但是，当一切尘埃落定之后，文学史家在比较中发现，真正的"伤痕文学"可能不是那些暴得大名声名显赫的作品，而恰恰是《晚霞消失的时候》《公开的情书》《波动》等小说。这些作品把"文革"对人心的伤害书写得更深刻和复杂，而不是简单地对"政治正确"的控诉。也许正因为如此，这些作品才引起了激烈的争论。近年来，对80年代的重新书写正在学界和创作界展开。就我有限的阅读而言，《行走的年代》是迄今为止在这一范围内写得最好的一部小说。它流淌的气息、人物的面目，它的情感方式和行为方式以及小说的整体气象，将80年代的时代氛围提炼和表达得炉火纯青，那就是我们经历和想象的青春时节：它单纯而浪漫，决绝而感伤，一往无前头破血流。读这部小说的感受，就如同1981年读《晚霞消失的时候》一样让我激动不已。大四学生陈香偶然邂逅诗人莽河，当年的文艺青年见到诗人的情形，是今天无论如何都难以想象的：那不只是高不可攀的膜拜和发自内心的景仰，那个年代的可爱就在于那时可以义无反顾地以身相许。于是一切就这样发生了。没有人知道这是一个伪诗人伪莽河，他从此一去不复返。有了身孕的陈香只有独自承担后果；真正的莽河也行走在黄土高原上，他同样邂逅了一个有艺术气质的社会学研究生。这个被命名为叶柔的知识女性，像子君，像萧红，像陶岚，像丁玲，亦真亦幻，她是"五四"以来中国知识女性理想化的集大成者。她是那样地爱着莽河，却死于意外的宫外孕大出血。两个女性，不同的结局相同的命运，但那不是一场风花雪月的事。因此，80 年代的浪漫在《行走的年代》中更具有女性气质：它理想浪漫却也不乏悲剧意味。当真正的莽河出现在陈香面前时，一切都真相大白。陈香坚持离婚南下，最后落脚在北方的一座小学。诗人莽河在新时代放弃诗歌走向商海，但他敢于承认自己从来就不是一个诗人，尽管他的诗情诗意并未彻底泯灭。他同样是一个诚恳的人。

《行走的年代》的不同，就在于它写出了那个时代的热烈、悠长、高蹈和尊严，它与世俗世界没有关系，它在天空与大地之间飞翔。诗歌、行走、友谊、爱情、生死、别离以及酒、彻夜长谈等表意符号，构成了《行走的年代》的浪漫主义的独特气质。但是，当浪漫遭遇现实，当理想降落到大地，留下的仅是青春过后的追忆。那代人的遗产和财富仅此而已。因此，这是一个追忆、一种检讨，是一部"为了忘却的纪念"。那代人的青春时节就这样如满山杜鹃，在春风里怒号并带血绽放。不夸张地说，蒋韵写出了在我们内心流淌却久未唱出的"青春之歌"。

如前所述，当下中国的城市文学如同正在进行的现代性方案一样，它的不确定性是最重要的特征。因此，当下中国城市文学的写作，也是一个"未竟的方案"。它向哪个方向发展或最终建构成何等身影，我们只能拭目以待。

注:

（1）见《乡村文明的变异与50后的境遇》，载《文艺研究》2012年第6期。
（2）鲁敏:《惹尘埃》,《人民文学》2010年第7期。
（3）蒋肖斌:《别让没有背景的年轻人质疑未来——访〈涂自强的个人悲伤〉作者方方》,《中国青年报》2013年6月18日。
（4）关仁山:《根》,《北京文学》2011年第11期。
（5）见《新闻晚报》2003年11月23日。
（6）蒋韵:《行走的年代》,《小说界》2010年第4期。

《广州文艺》与都市文学

——写在《广州文艺》改刊之际

2009 年 11 月 10 日至 13 日,《广州文艺》在广东从化召开了"都市文学"研讨会。"都市文学"虽然还是一个暧昧不明的概念,但与会者都意识到了当下中国的城市化进程对文学的巨大影响。事实也的确如此。都市文学的数量日益增多,不仅是有都市生活经验的作家写都市,而且在其他领域展开故事的作家也相继参与其间,在 2009 年将目光和笔触转移到都市的作家日益增多。但今天的都市早已不是古典欧洲的巴黎、维也纳或罗马。我们很难打捞出当代中国的都市文化经验,它像一只变幻莫测的万花筒,光怪陆离难以捉摸。因此,中国当代都市的文化经验,仍然是一个不确定的经验。这种不确定性,我们在不同作家的不同书写中得到了确证。

但是,由《广州文艺》领衔主演都市文学,也不是没有缘由的空穴来风。在中国现代文学史上，虽然先后出现了诸如茅盾的《子夜》，施蛰存、刘呐鸥、叶灵风的"新感觉派"作品以及50年代出现的周而复的《上海的早晨》等书写都市文学的作品，但这些小说，还不是我们今天所说的"都市文学"。《子夜》要表达的还是民族资产阶级与买办资产阶级的较量与斗争；《上海的早晨》要表达的是新中国成立初期上海对资本主义工商业进行社会主义改造的过程。它们都不是今天我们所说的"都市文学"。但1959年出版的欧阳山的《三家巷》以及秦牧的《花城》等散文，陈国凯的《羊城一夜》，后来张梅、张欣的小说，《情满珠江》等电视剧，逐渐地进入了我们想象的"都市文学"的模样。因此，广州应该是中国都市文学的发祥地和大本营。上海虽然更现代，更都市化，但在王安忆、程乃珊的作品中，似乎旧上海的味道更浓一些，她们接续的是张爱玲的遗风流韵；卫慧的《上海宝贝》《蝴蝶的尖叫》、棉棉的《糖》《啦啦啦》才华横溢，但因过于时尚而流于都市生活的表面。如此说来，事实上"都市文学"在我们的文学生活中还没有真正地形成，或者说它仍在形成或探索的过程中。

这种状况与我们熟悉或成就最大的乡土文学是大不相同的。乡土记忆是我们民族共同的文化记忆，无论是"农村题材"还是"乡土文学"，我们都无须识别就可以感知它是否与本土文化有关。因此，中国在本质上或文化基因上还是一个"乡土中国"。我们不仅可以在鲁迅、沈从文、废名的作品中感受乡土的诗意与宁静，也可以在《太阳照在桑干河上》《暴风骤雨》《红旗谱》《创业史》中感知中国历史或社会变革的过程。甚至在《艳阳天》《金光大道》中，仍然可以看到乡土中国那些不变的生活元素。比如乡风乡俗、乡村伦理、土地观念等核心价值观。中国现代文学史上乡土文学的发生，一开始就蕴含着一个有趣的现象：乡土文学作者并不是在乡村写出"乡土文学"的，而是一批离开了故乡，在都市生活中接受了现代文明洗礼的青年人。这时的乡村，是一个只可想象而难以经验的"乌托邦"。他们再回过头来看自己生活过的乡村时，就是城市的"镜中之像"。因此，"乡土文学"是被城市发现的，或者说乡村文明是被现代城市文明发现的。用"镜像"理论解释"乡土文学"的发生，虽然有些牵强，但我们应该承认的是，没有现代城市文明，或者说，来自乡村的知识分子如果没有经历城市文明，我们所看到的"乡土文学"是不会出现的。

以广州为中心的"珠三角"，是中国最发达的地区之一，也是中国城市化进程最快的地区之一。悠久的城市历史和当代城市文化经验相对丰富，使这里不断产生都市文学就在情理之中了。但是，在中国究竟什么样的文学才是"都市文学"，仍然云里雾里莫衷一是。如此说来，"都市文学"还不是一个自明性的概念，它仍在生成的过程之中。这一点与现代都市文学不同，现代都市文学似乎都是由"贵族"创造的，比如张爱玲的《倾城之恋》、白先勇的《永远的尹雪艳》等。那里的生活方式、场景以及人物关系是乡土文学和市民文学中不曾出现的。但那毕竟是过去的都市文学，在那个时代，没有贵族就没有都市文学。但今天的情况大不相同了，虽然富人很多，但没有贵族。这个情况表明，今天的都市文学不仅有更广阔的空间，而且也更趋于复杂。对都市文学，无论我们怀有怎样的想象和期待都不过分。事实上，包括所谓的"官场文学"在内，以及"打工文学"、时尚文化、中产阶级趣味和网络文学等，都为都市文学积累了丰富的前提、基础和经验。都市文学的发生发展，首先不是一个理论问题，而是实践问题。我相信，在《广州文艺》雄心勃勃的努力和奋力打造下，这一文学现象一定会蓬勃发展并形成气势。它将带给我们全新的文学经验，那是因为它与都市生活建立了新的精神或灵魂的联系。

新人民性的文学

——当代中国文学经验的一个视角

关于中国文学经验的讨论正在热烈地展开。这确实是一个问题。在讨论这个问题之前，我总是有一个悖论式的狐疑：一方面，百年来全球性的文学交流，已经使中国文学经验成为全球文学经验的一部分，我们是否能够识别哪些经验是纯粹的中国文学经验；另一方面，"全球化"虚张声势了许多年，在文学领域，中国文学是否真的被纳入了这个十分可疑的范畴之中。还有，即便这些问题都被排除或解决了，我们是否能够总结出一个普遍性的"中国文学经验"。文学是最具个人性的精神创造活动，统一的中国文学经验究竟在哪里。

既然有这些疑问，当要我言说中国文学经验的时候，就显得勉为其难或力不从心。因此，在我看来，中国文学经验即便存在，也是一种想象或不断建构的过程。在不同的历史时期，中国文学经验呈现出的总体面貌——比如五四时期的文学经验、国统区与解放区的文学经验、"十七年"的文学经验、"文革"和80年代的文学经验、90年代以来的文学经验等，是非常不同的。因此，要整合出一个切实的中国文学经验，几乎是不可能的。80年代让"中国文学走向世界"和当下强调"中国文学经验"，虽然是两种不同的取向和诉求，但其内在思路并没有区别，这——或意味着对当代中国文学的某种不自信。前者隐含着中国文学还没有被国际社会承认，特别是还没有被欧美文学强势国家承认，急于融入国际文学大家庭的要求；后者则是在全球化的语境中，警惕或惧怕中国文学被欧美强势文学遮蔽、吞噬、同化或覆盖的危险，因此要将中国文学从全球"一体化"中划分出来。这些口号或话语背后，总是隐含着关于"民族性"的双向要求：一方面，越是民族的就越是世界的；另一方面，越是民族的也就越是独立的。可以说，如果没有"全球化"的话语压力，"中国文学经验"这一话题的提出几乎是不可能、也没有对象。

中国文学在与世界文学不断相互影响和交汇的过程中，特别是三十年来改革开放的社会环境，使中国文学发生了历史性的变化。被政治文化控制的文学逐渐获得了自由和独立。在这种情况下，如果我们一定要概括出不断建构和变化的中国文学经验的话，我认为，这一经验是由三个方面构成的。这就是：中国古代传统的文学经验、"五四"以来现代白话文学的经验和不断被我们吸纳的外来文学经验。这三种文学经验的合流，才有可能完整地呈现出中国当代特别是当下的中国文学经验。这当然只是理论上的描述。如果进入当下中国文学创作的实际，"中国作风和中国气派"的经验，可能在近期讨论最多的"底层写作"这一文学现象中表现得最为充分。

新世纪以来，文学对中国现实生活或公共事务的介入，已经成为最重要的特征之一。对底层生活的关注、对普通人甚至弱势群体生活的书写，已经构成了新世纪文学的新人民性。在商业霸权主义掌控一切的文化语境中，中国社会生活的整体面貌不可能在文学中得到完整的呈现：一方面，乡村生活的乌托邦想象被放弃之后，现在仅仅成了滑稽小品的发源地，它在彰显农民文化中最落后部分的同时，在对农村生活"妖魔化"的同时，遮蔽的恰恰是农村和农民生活中最为严酷的现实；另一方面，都市生活场景被最大限度地欲望化，文学却没有能力提供真正的都市文化经验。两种不同的文化在商业霸权主义的统治下被统一起来，它们以"奇观"和"幻觉"的方式满足的仅仅是文化市场的消费欲望。这一现象背后隐含的还是帝国主义的文化逻辑。"历史终结"论不仅满足了强势文化的虚荣心，同时也为它们的进一步统治奠定了话语基础。但是，事情远没有这样简单。无论在世界范围内还是在当下中国，历史远未终结，一切并未成为过去。西方殖民主义对第三世界的压迫，被置换为跨国公司或跨国资本对发展中国家的资本和技术的统治，冷战的对抗已转化为资本神话的优越。强权与弱势的界限并没有发生本质的变化。这一点，在西方左翼知识分子和第三世界知识分子的批判中已经得到揭示。在当下中国，现代化的进程"与魔共舞"，新的问题正在形成我们深感困惑的现实。但是我们发现，在消费意识形态的统治下，还有作家有直面现实的勇气。在他们的作品中，我们发现了中国当下生活的另一面。由于历史、地域和现实的原因，中国社会发展的不平衡性构成了中国特殊性的一部分。这种不平衡性向下倾斜的对象当然是底层和广大的欠发达地区。面对这样的现实，我们在强调文学性的同时，作家有义务对并未成为过去的历史和现实表达出他们的立场和情感。从这个意义上说，作家在表达他们对文学独特理解的基础上，同时也接续了现代文学史上"社会问题小说"和文学的人民性传统。

2003 年，在北京召开的"崛起的福建小说家群体"研讨会上，针对北北的小说创作，我提出了文学的"新人民性"的看法。文学的新人民性是一个与人民性既有关系又不相同的概念。

"人民性"这一概念最早出现在19世纪20年代，俄国诗人、批评家维亚捷姆斯基在给屠格涅夫的信中就使用了这一概念，普希金也曾讨论过文学的人民性问题。但这一概念的确切内涵，是由别林斯基表达的。它既不同于民族性，也不同于"官方的人民性"。它的确切内涵是表达一个国家最低的、最基本的民众或阶层的利益、情感和要求，并且以理想主义或浪漫主义的方式彰显人民的高尚、伟大或诗意。应该说，来自俄国的人民性概念，有鲜明的民粹主义思想倾向。此后，在列宁、毛泽东等无产阶级革命导师以及中国五四时期的文学家那里，对人民性的阐释，都与民粹主义思想有不同程度的关联。我这里所说的"新人民性"，是指文学不仅应该表达底层人民的生存状态，表达他们的思想、情感和愿望，同时也要真实地表达或反映底层人民存在的问题。在揭示底层生活真相的同时，也要展开理性的社会批判。维护社会的公平、公正和民主，是"新人民性文学"的最高正义。在实现社会批判的同时，也要无情地批判底层民众的"民族劣根性"和道德上的"底层的陷落"。因此，"新人民性文学"是一个与现代启蒙主义思潮有关的概念。

北北的《寻找妻子古菜花》《王小二同学的爱情》《有病》以及后来的《转身离去》《家住厕所》等，对底层生活的关注和体现出的悲悯情怀，作为一种"异质"力量进入了当时较为杂乱的都市生活统治下的文坛。我认为：当代小说的世俗化倾向，使小说越来越多地呈现出快感的诉求，美感的愿望已经不再作为写作的最低承诺。因此，我们在当下的小说创作中，已经很难再读到具有诸如浪漫、感动、崇高等美学特征的作品。但是文学作为关注人类心灵世界的领域，关注人类精神活动的范畴，仍有必要坚持文学这一本质主义的特征。北北在她的小说中注入了新时代内容的同时，仍然以一种悲悯的情怀体现着她对文学最高正义的理解。我们在儿童王小二的经历中，在王大一的"现代愚昧"中，在路多多惨遭不幸的短暂生涯中，在王小二本能、素朴的"剪不断、理还乱"的人性矛盾中，在李富贵寻妻、奈月坚贞的爱情中，读到了久违的震撼和感动。北北以现代的浪漫、幽默和文字智慧，书写和接续了文学的伟大传统。在全球化的语境中，北北作为欠发达或弱势话语国家的作家，她提供的悲悯情怀，以及对文学最高正义的坚持和重新书写的经验，就是当下中国文学经验的一部分。

事隔两年，批评界发起了关于"底层写作"的讨论。对现实生活的关注以及在文学界引发的这一讨论，是文学创作和批评介入公共事务的典型事件。争论仍在继续，创作亦未终止。这一领域影响最大的作家曹征路，对工人阶级的生存状况关注已久。2005年，他的《那儿》轰动一时，成为那一时代问题小说的代表作。惨烈的内容和结局意在表明，传统的工人阶级在这个时代已经力不从心无所作为。如果是这样，我认为《霓虹》堪称《那儿》的姊妹篇，它的震撼力同样令人惊心动魄。不同的是，那个杀害下岗女工（也是一个暗娼）的凶手终于被绳之以法，但这对那个被杀害的女工而言已经不重要了。对我们来说，重要的是在这篇作品中，我们看到了一个从生活到心灵都完全破碎了的女人——倪红梅全部的生活和过程。她生活在人所共知的隐秘角落，但这个公开的秘密似乎还不能公开议论。倪红梅为了她的女儿和婆婆，为了最起码的生存，她不得不从事最下贱的勾当。但她对亲人和朋友的真实与朴素又让人为之动容。她不仅厌倦自己的生存方式，甚至连自己都厌倦，因此想到死亡她都有一种期待和快感。最后她终于死在犯罪分子的手里，只因她拒绝还给犯罪分子两张假钞嫖资。

还有同是深圳作家的吴君，曾因长篇《我们不是一个人类》而受到文坛的广泛关注，许多名家纷纷撰文评论。一个新兴移民城市的拔地而起，曾给无数人带来那样多的激动或憧憬，它甚至成了蒸蒸日上日新月异的中国的象征。但是，就在那些表象背后，吴君发现了生活的差异性和等级关系。作为一个新城市的"他者"，底层生活就那样醒目地跃然纸上。她最近发表的《亲爱的深圳》，对底层生活的表达达到了新的深度。一对到深圳打工的青年夫妻——程小桂和李水库，既不能公开自己的夫妻关系，也不能有正当的夫妻生活。在亲爱的深圳——到处是灯红酒绿红尘滚滚的新兴都市，他们的夫妻关系和夫妻生活却被自己主动删除了。如果他们承认了这种关系，就意味着他们必须失去眼下的工作。都市规则或资本家的规则是资本高于一切，人性的正当需要并不在他们的规则之中。李水库千里寻妻滞留深圳，保洁员妻子程小桂隐匿夫妻关系求人让李水库做了保安。于是，这对夫妻的合法"关系"就被都市的现代"关系"替代或覆盖了。在过去的底层写作中，我们看到更多的是物质生存的困难，是关于"活下去"的要求。在《亲爱的深圳》中，作家深入到了一个更为具体和细微的方面，是对人的基本生理要求被剥夺过程的书写。它不那么惨烈，但却更非人性。当然，事情远不只这样简单，李水库在深圳生活了一段时间之后，他有机会接触了脱胎换骨、面目一新的女经理张曼丽。李水库接触张曼丽的过程和对她的欲望想象，从一个方面揭示了农民文化和心理的复杂性。这一揭示延续了《阿Q正传》《陈奂生上城》的传统，并赋予了当代性特征。吴君不是对"苦难"兴致盎然，不是在对苦难的观赏或简单的同情中表达她的立场。而是在现代性的过程中，在农民一步跨越"现代"突如其来的转型中，发现了这一转变的悖论或不可能性。李水库和程小桂夫妇所付出的巨大代价，是一个意味深长的隐喻。但在这个隐喻中，吴君却发现了中国农民偶然遭遇或走向现代的艰难。民族的劣根性和农民文化及心理的顽固和强大，将使这一过程格外漫长。可以肯定的是，无论是李水库还是程小桂，尽管在城市里心灵已伤痕累累力不从心，但他们很难再回到贫困的家乡——这就是"现代"的魔力：它不适于所有的人，但所有的人一旦遭遇了"现代"，就不再有归期。这如同中国遭遇了现代性一样，尽管是"与魔共舞"，却不得不难解难分。也正因为如此，吴君的小说才格外值得我们重视。

在"新人民性"这一文学现象中，青年作家胡学文的《命案高悬》是特别值得重视的。一个乡村姑娘的莫名死亡，在乡间没有任何反响，甚至死者的丈夫也在权力的威胁和金钱的诱惑下三缄其口。这时，一个类似于乡村浪者的"多余人"出现了：他叫吴响。村姑之死与他多少有些牵连，但死亡的真实原因一直是个谜团，各种谎言掩盖着真相。吴响以他的方式展开了调查。一个乡间小人物——也是民间英雄，要处理这样的事情，其结果是可以想象的。于是，命案依然高悬。胡学文在谈到这篇作品的时候说：

　　乡村这个词一度与贫困联系在一起。今天，它已发生了细微却坚硬的变化。贫依然存在，但已退到次要位置，困则显得尤为突出。困惑、困苦、困难。尽你的想象，不管穷到什么程度，总能适应，这种适应能力似乎与生俱来。面对困则没有抵御与适应能力，所以困是可怕的，在困面前，乡村茫然而无序。

一桩命案，并不会改变什么秩序，但它却是一面高悬的镜子，能照出形形色色的面孔与灵魂，很难逃掉。就看有没有勇气审视自己，审视的结果是什么。

堤坝有洞，河水自然外泄，洞口会日见扩大。当然，总有一天这个洞会被堵住，水还会蓄满，河还是原来的样子——其实，此河非彼河，只是我们对河的记忆没变。这种记忆模糊了视线，也亏得它，还能感受到一丝慰藉。我对乡村情感上的距离很近，可现实中距离又很遥远。为了这种感情，我努力寻找着并非记忆中的温暖。

这段体会说得实在太精彩了。表面木讷的胡学文对乡村的感受是如此的诚恳和切实。当然，《命案高悬》并不是一篇正面为民请命的小说。事实上，作品选择的也是一个相当边缘的视角：一个乡间浪者，兼有浓重的流氓无产者的气息。他探察尹小梅的死因，确有因自己的不检点而忏悔的意味，他也有因此在这个过程中洗心革面的潜在期待。但意味深长的是，作家"并非记忆中的温暖"，却是通过一个虚拟的乡间浪者来实现的。或者说，在乡村也只有在边缘地带，作家才能找到可以慰藉内心的书写对象。人间世事似乎混沌而迷蒙，就如同高悬的命案一样。但这些作品却以睿智、胆识和力量洞穿世事，揭示了生活的部分真相。

对底层生活的关注，使"新人民性文学"逐渐形成了一股巨大的文学潮流。刘庆邦的《神木》《到城里去》，陈应松的《马嘶岭血案》《豹子最后的舞蹈》，熊正良的《我们卑微的灵魂》，迟子建的《零作坊》，吴玄的《发廊》《西地》，杨争光的《符驮村的故事》，张继的《告状》，何玉茹的《胡家姐妹和小乱子》，胡学文的《走西口》，张学东的《坚硬的夏麦》，王大进的《花自飘零水自流》，温亚军的《落果》，李铁的《工厂的大门》《我的激情故事》，孙惠芬的《燕子东南飞》，马秋芬的《北方船》，刁斗的《哥俩好》，曹征路的《霓虹》等一大批作品，这些作品的人物和生存环境是今日中国的另一种写照。他们或者是穷苦的农民、工人，或者是生活在城乡交界处的淘金梦幻者。他们有的对现代生活连起码的想象都没有，有的出于对城市现代生活的追求，在城乡交界处奋力挣扎。这些作品从不同的方面传达了乡土中国或者是前现代剩余的淳朴和真情、苦涩和温馨，或者是在"现代生活"的诱惑中本能地暴露出农民文化的劣根性。但这些作品书写的对象，从一个方面表达了这些作家关注的对象。对于发展极度不平衡的中国来说，物质和文化生活历来存在两种时间：当都市已经接近发达国家的时候，更广阔的边远地区和农村，其实还处于落后的 17 世纪。在这些小说中，作家一方面表达了底层阶级对现代性的向往、对现代生活的从众心理，另一方面也表达了现代生活为他们带来的意想不到的复杂后果。底层生活被作家所关注并进入文学叙事，不仅传达了中国作家本土生活的经验，而且这一经验也必然从一个方面表现他们的是非观、价值观和文学观。

不确定性中的苍茫叩问

——评曹征路的长篇小说《问苍茫》

这些年来，曹征路站在改革开放的最前沿地带，密切关注着三十年来中国大地上发生的这场改变国家民族命运的社会大变革。值得注意的是，他的作品不是那种花团锦簇、莺歌燕舞式的时代装饰物，也不是貌似揭露、实际迎合的所谓"官场文学"。他陆续发表的《那儿》《霓虹》《豆选事件》以及这部《问苍茫》等，在以"现场"的方式表现社会生活激变的同时，更以极端化的姿态或典型化的方法，发现了变革中存在、延续、放大乃至激化的问题。在这个意义上，曹征路承继了百年来"社会问题小说"特别是劳工问题的传统。不同的是，现代文学中包括劳工问题在内的"社会问题小说"，是在民主主义、社会主义在中国传播的背景下展开实践的，它既是五四时代启蒙主义思潮的需要，也是启蒙主义必然的结果。在那个时代，"劳工神圣"是不二的法则，劳工利益是启蒙者或现代知识分子坚决维护或捍卫的根本利益。但是，到了曹征路的时代，事情所发生的变化大概所有人都始料不及，尽管"人民创造历史""工人阶级""社会公平""人民利益""劳动法""工会"等概念还在使用，但它们大多已经成为一个诡秘的存在。在现代性的全部复杂性和不确定性中，这个诡秘的存在也被遮蔽得越来越深，以至于很难再去识别它的本来面目或真面目。无数个原本自明的概念和问题，在忽然间变得迷蒙暧昧甚至倒错。于是，便有了这部"天问"般的迷惘困惑又大义凛然的《问苍茫》。

这究竟是一部什么样的小说，究竟该如何评价曹征路多年来的关注和焦虑，究竟该如何指认曹征路的立场和情感，该如何评价曹征路包括《问苍茫》在内的作品的艺术性？这显然是我们必须回答的问题。

一、现代性过程中的另一种历史叙述

《问苍茫》在《当代》杂志发表的年代，正值改革开放三十年，各个领域都有不同形式的纪念活动或会议。其中特别引人注目的是央视推出的十九集电视纪录片《改革开放三十年纪实》。央视在介绍这部电视片时说：

这是一部全景式记录中国改革开放三十年伟大成就的大型电视系列片，它高度浓缩了三十年来中国在农村、国企、经济体制、收入分配、金融、对外经贸、政治体制、干部人事制度、文化、科技、教育、医疗卫生、社会发展、社会保障、就业体制、国防军事、统一大业、对外交往及党的建设等各方面所发生的重要变化，从经济、政治、文化、社会等多个层面向世人展示出"中国道路"的独特魅力与精神内涵。[1]

三十年，各个领域取得的伟大成就，就这样一起建构了改革开放的历史。客观地说，三十年来的伟大成就举世公认，就连那些"万恶的资本主义"国家也不得不承认中国发生的天翻地覆的巨大变化，国家形象和国际地位的改变，是伴随着三十年改革开放的历史一起发生的。因此，肯定成就是我们的前提。但是，我们也不能不承认还有没被叙述的历史，还有另外的历史也同时在发生。这个历史，就是《问苍茫》中的历史。在这个历史中，我们首先感到"苍茫"的不仅是那些还在使用的"知识"和"理论依据"，重要的是这些"知识"和"理论依据"与现实究竟是一种怎样的关系，面对现实它的阐释是否还有效。

1918年11月15日、16日，那是五四运动的前夕，北京大学在天安门前举行演讲大会，庆祝协约国在第一次世界大战中获胜。参加大会的有三万余人，北京大学校长蔡元培主持了会议并两次发表演讲。在16日的演讲中，他喊出了"劳工神圣"的口号，并向人们指出："此后的世界，全是劳工的世界啊！"1919年5月1日，北京《晨报》副刊出版了劳动节纪念专号，这是中国报纸第一次纪念这个全世界劳动人民的节日。三天后伟大的五四运动爆发。其间，李大钊在自己负责编辑的《新青年》6卷5号上发表了《我的马克思主义观（上）》，他在文章中说："现在世界改造的机运，已经从俄、德诸国闪出了一道曙光。……从前的经济学，是以资本为本位，以资本家为本位。以后的经济学，要以劳动为本位，以劳动者为本位了。"特别是6月3日以后，中国工人阶级作为独立的政治力量登上历史舞台，在工人阶级和全国人民的压力下，北洋军阀政府被迫屈服，五四运动取得了伟大胜利。从此，在现代中国的历史叙事中，工人阶级一直作为中国现代革命的主导力量而存在，毛泽东甚至提出"工人阶级必须领导一切"的主张。但是，无论是阶级问题，还是工人阶级的地位问题，在现代性的不确定性过程中，都因其模糊性遭到了质疑。来自四川的五级钳工唐源曾向"知识分子"赵学尧"请教"："现在是社会主义初级阶段对不对？对呀。既然是初级阶段，那阶级斗争在啥子阶段熄灭的？""从前没得多少工人的时候，全国也不过两百万的时候，天天都在喊工人阶级、劳工神圣、咱们工人有力量！现在广东省就有几千万工人，怎么听不到工人阶级四个字了？我们是啥子人？是打工仔，是农民工，是外来劳务工，是来深建设者，就是不叫工人！"

这样的问题是赵学尧这样的"知识分子"没有能力也没有愿望回答的。改革开放以来，理论上的这些问题因"不争论"被悬置起来。当年邓小平提出"不争论"是有道理的，在当时中国的语境中，"姓资""姓社"的问题在机械、僵化的理论框架内的争论将永无宁日，如果争论，中国的改革就难以实践。但是，当改革深入到一定程度的时候，当现实出现问题逼迫我们作出理论解释的时候，我们却两手空空一贫如洗。于是，当工人罢工时，身为宝岛电子厂书记的常来临说："你们有意见就提，公司能满足就满足，不能满足就说清楚。不要动不动就闹罢工，那个没意思。你们有你们的难处，老板也有老板的难处。老板就不困难吗？为了找订单，她几天几夜都没合眼了。没有订单，我们就没有活干，没有活干大家就都没有钱赚。大家是一根绳上的蚂蚱，这个道理不是明摆着吗？"当年李大钊的"以劳动为本位，以劳动者为本位"的理论在这里没了踪影。常来临书记的立场非常明确：老板的难处就是大家共同的难处，没有老板大家就都没有钱赚，大家都不能活命。因此，老板才是"本位"、资本才是"本位"。当然，宝岛电子厂的工人并不是严格意义上的产业工人，他们来自贫困的乡村，是为生存不惜任何代价讨生活的。"工人阶级"的内涵已经发生了巨大的变化。是现实的全部复杂性使得九十多年过去后，原本不再困惑我们的问题才又一次浮出水面。

深圳是中国改革开放的前沿，是中国三十年改革开放的缩影。那么，是谁创造了深圳新的历史？冠冕堂皇的回答是"人民"创造了深圳的历史。但是，《问苍茫》中的柳叶叶、毛妹们创造历史就是为了创造自己一贫如洗有家难回的处境吗？就是为了创造毛妹因救火负伤没人负责只能自杀的绝望吗？事实上，究竟是谁创造历史的问题，不仅是历史学家曾经争论的问题，那些有思考能力的作家在历史演进的过程中也发现了其中的矛盾。史铁生《务虚笔记》中的一个主人公、画家Z提出的问题是："是谁创造了历史？你以为奴隶有能力提出这样的问题吗？……那个信誓旦旦地宣布'奴隶创造了历史'的人，他自己是不是愿意待在奴隶的位置上？他这样宣布的时候不是一心要创造一种不同凡响的历史么？""他们歌颂着人民但心里想的是做人民的救星；他们赞美着信徒因为信徒会反过来赞美他们；他们声称要拯救……比如说穷人，其实那还不是他们自己的事业，是为了实现他们自己的价值么？这事业是不是真的能够拯救穷人并不重要，重要的是穷人们因此而承认他们在拯救穷人，这就够了，不信就试试，要是有个穷人反对他们，他们就会骂娘，他们就会说那个穷人正是穷人的敌人，不信你就去看看历史吧，为了他们的'穷人事业'，他们宁可穷人互相打起来。""历史的本质永远都不会变。人世间不可能不是一个宝塔式结构，由尖顶上少数的英雄、圣人、高贵、荣耀、幸福和垫底的多数奴隶、凡人、低贱、平庸、苦难构成。怎么说呢？世界压根儿是一个大市场，最新最好的商品总会是稀罕的，而且总是被少数人占有。"(2)

《问苍茫》所提出的问题比《务虚笔记》要现实和具体得多，曹征路要处理的不是哲学或历史观的问题。他要处理的是深圳三十年来被建构起来的历史之外的另一种历史，是被遮蔽但又确实存在的历史。在发现这个历史的过程中，作为作家的曹征路同样充满了"苍茫"和迷惑，他试图展现这个历史而不是确切地判断这个历史。这是一段切近的历史，在近距离地考察、表现这段历史的时候，迷惑、困顿甚至茫然，就是我们共同的切身感受。

二、情感、立场和内心的矛盾

"底层叙事""新左翼文学"或被我称作的"新人民性文学"发生以来，评论界和创作界有截然不同的两种声音。这本来属于正常的现象。当"总体性"的文学理论瓦解之后，文学作品就失去了统一的评价尺度。因此，见仁见智再所难免。从另外一个角度看，面对当下中国的现实，思想界的"新左翼"与"自由主义"的论争已持续多年，至今仍未偃旗息鼓。文学界对这一论争的接续是迟早的事情，于是"新左翼文学"的命名被隆重推出。无论是褒是贬，曹征路都历史性地站在了最前沿。2004 年第 5 期《当代》杂志发表了他的《那儿》，一时石破天惊。在《那儿》里，曹征路在鲜明地表达自己的情感立场的同时，也不经意间流露了他的矛盾和犹疑。我当时评论这部作品时说：《那儿》的"主旨不是歌颂国企改革的伟大成就，而是意在检讨改革过程中出现的严重问题。国有资产的流失、工人生活的艰窘，工人为捍卫工厂的大义凛然和对社会主义企业的热爱与担忧构成了这部作品的主旋律。当然，小说没有固守在'阶级'的观念上一味地为传统工人辩护。而是通过工会主席为拯救工厂上访告状、集资受骗，最后无法向工人交代而用气锤砸碎自己的头颅，表达了一个时代的终结。朱主席站在两个时代的夹缝中，一方面他向着过去，试图挽留已经远去的那个时代，以朴素的情感为工人群体代言并身体力行；一方面，他没有能力面对日趋复杂的当下生活和'潜规则'。传统的工人在这个时代已经力不从心无所作为。小说中那个被命名为'罗蒂'的狗，是一个重要的隐喻，它的无限忠诚并没有换来朱主席的爱怜，它的被驱赶和千里寻家的故事，感人至深，但它仍然不能逃脱自我毁灭的命运。'罗蒂'预示着朱主席的命运，可能这是当下书写这类题材最具文学性和思想深刻性的手笔"[3]。事实上，朱主席的处境也是作家曹征路的处境：任何个人在强大的社会变革面前都显得进退维谷莫衷一是，你可以不随波逐流，但要改变它几乎是不可能的。

《那儿》里的工人阶级是中国传统的产业工人，也只有产业工人才能做出朱主席这样决绝的选择。但是，在《问苍茫》中，"工人"的内在结构已经发生了根本性的变化。无论是柳叶叶、毛妹五姐妹，还是唐源等技术工人，他们都来自边远的乡村，这些还不具有"工人阶级"意识，也没有产业工人传统的农民，是为了摆脱贫困或为了生存来到深圳幸福村和宝岛电子工厂的。因此，无论面对劳资冲突，还是具体的人与事，这个群体都存在着盲目性和摇摆性。需要指出的是，不具有产业工人意识和传统的"农民工",首先也是人,是人就应有人的尊严和权利。小说中,这些女孩子还没有走出山区,就遭遇了"开处"的侮辱,而且是乡长、村长老爹送来的,"怎么折磨都行"。进入工厂之后,每天是十几小时的劳动,还有随时被解雇的威胁;在残酷的生存环境中,有的堕落做了妓女,有的嫁给了曾给自己"开处"的马经理风烛残年的父亲;毛妹则因救火重伤毁容,无人赔偿甚至栽赃嫁祸被逼自杀……这就是《问苍茫》中工人的处境。曹征路描述和关注了底层如此严酷的生活,就已经表明了他的情感和立场。这是宣告"新新中国"和"告别悲情"时代到来的人所不能体察和理解的。

值得注意的是,曹征路在情感和立场倾向于工人的同时,他并没有采取早期民粹主义者的思想策略,不是为了解决立场问题简单地站在"劳工"一面。事实上,他对柳叶叶等宝岛电子厂工人存在的软弱、功利、现实、盲目甚至庸俗的一面,同样实施了批判。初来的柳叶叶不知道罢工的真正含义,在她看来,罢工就有机会穿漂亮衣服到街上逛逛,同时又担心拿不到"加班费";机会主义分子常来临因为没有参与"开处"使柳叶叶免遭一劫,这不仅在道德层面使柳叶叶感佩不已,同时也被他空洞高蹈的话语煽动所迷惑:她爱上了他。这应该是一个新时代的正在成长的"新人"形象,我相信作家也是按照这样的形象来塑造的，不然就不会将"打工诗人"、潜伏记者等都安插在她身上。但是，曹征路还是遵循了生活的逻辑，发现了这个"新人"难以蜕去的先天的巨大局限。这些都表明了曹征路面对"底层"时的巨大困惑和矛盾，也正是这样的困惑、矛盾和焦虑，赋予了作品真实性的力量和时代特征。

同样，《问苍茫》在塑造常来临、陈太、赵学尧、文念祖、何子钢、迟小姐等人物时，都没有做简单化的处理。尤其是常来临这个人物，这是我们在其他作品中未曾谋面的人物。他的特殊性、独特性的发现，是曹征路的一大贡献。这个军人出身也待过业，在道德上有自我约束的人，他没有参与招工时的"开处"，他的道德形象在小说的男性形象中几乎凤毛麟角，在《问苍茫》的处境中，夫妻两地分居还能够做到"守身如玉"，堪称道德楷模。但就是这样一个有道德的人，能够带着山村来的女工逛深圳、说贴心话的人，在面对工人和资本的时候，他的人格分裂了：一方面，他愿意为工人着想，并巧妙地打破了工厂集体辞工变相剥削的阴谋；一方面，在强大的资本神话面前，他无能为力举步维艰。他曾对柳叶叶说："有句话你一定要听，你是个有前途的人，你和他们还不一样，你还会有很大发展，还会有自己的事业。什么叫现代化？什么叫全球一体化？说白了就是大改组大分化。国家是这样，个人也是这样。一部分人要上升，一部分人要下降，当然，还有一部分人要牺牲。这个是没有办法的事。"常来临没有说错，现实的确如此；但他说对了吗？哪部分人应该"上升""下降"和"牺牲"？存在的就是合理的吗？难怪最后连柳叶叶也悔不当初：

> 她想不通自己过去为什么那样崇拜他，甚至偷偷地把他和别人作过比较，为他激动得要死要活。可是现在，这个人的魅力到哪里去了？他除了会讲，还会什么？他忽然变得那样地丑恶，那样地小人，那样地走狗，那样地工贼。她想起来了，他当初用那么优美的腔调，动员大家长期为老板弟弟献血，原来只不过是为了自己的上升，为了上升就心安理得让别人去牺牲。明知别人会牺牲你还要做，那不就等于谋杀？

当然，柳叶叶的"醒悟"也未免偏狭。事实上，常来临的问题和他的全部复杂性，远不只柳叶叶经验的那样简单。当"资本霸权"的现实和"资本神圣"的意识形态已经支配了整个社会生活的时候，常来临个人的力量是微不足道的。因此，这虽然是个充满了变数的机会主义分子，但同时也有让人同情之处。他和文念祖、赵学尧等人毕竟还不是同一层面上的人。值得肯定的是，曹征路没有道德化地评价人物和历史。一个道德品质没有问题的人，并不意味着他在大时代能够明辨是非担当道义。道德在这个时代的力量不仅苍白，同时也不是评价人物唯一的尺度。因此，对常来临这个人物，虽然作家诉诸了批判，但也同时表现出曹征路对这个人物的些许犹疑和矛盾。

三、《问苍茫》的文学性或艺术力量

几年来，对包括曹征路在内书写"底层"小说的文学性或艺术性的问题，一直存有争议。诟病或指责的最大理由除了"展示苦难""述说悲情""底层"是社会学概念还是文学概念之外，就是"底层写作"的文学性问题。这个问题似乎是在"专业"范畴里的讨论，对这个文学现象普遍的指责就是"粗糙"。对"底层写作"文学性问题的讨论是一个真问题，遗憾的是，至今也没有人能够令人信服地说清楚"文学性"究竟是怎样表达的。这个问题就像前几年讨论的"纯文学"一样，文学究竟怎样"纯"，或者什么样的文学才属于"纯"，大概没有人说得清楚。站在民众的立场上说话曾经是不战自胜，"政治正确"也就意味着文学的合理性。但是，在今天的文学批评看来，任何一种文学现象不仅仅取决于它的情感立场，同时，也必须用文学的内在要求衡量它的艺术性，评价它提供了多少新的文学经验。这些看法无疑是正确的。但是，需要强调的是，许多年以来，能够引发社会关注的文学现象，更多的恰恰是它的"非文学性"，恰恰是文学之外的事情。我们不能说这一现象多么合理，但它却从一个方面告知我们，在中国的语境中一般读者对文学寄予了怎样的期待、他们是如何理解文学的。另一方面，急剧变化的中国现实，不仅激发了作家介入生活的情感要求，同时也点燃了他们的创作冲动和灵感。"底层写作"正是在这样的背景下发生的。但是，就像在文学领域没有公认的"中国经验"一样，"底层写作"也没有一个共同的"底层文学"特征。

《问苍茫》书写了"底层"，但它的内涵要远远大于"底层写作"。这部作品可能有些"粗"，但它是"粗粝"而不是"粗糙"。"粗粝"与书写对象有关，写小姐的牙床和草莽英雄，写时尚的"小资"与下岗的女工，在作家的笔下肯定是不同的。因此，"粗粝"只是一个风格学的形容词，而不是评定一部作品的尺度，尤其不是唯一的尺度。在我看来，《问苍茫》之所以引起了普遍的关注甚至轰动，不仅在于作品全景式地反映了深圳改革开放的另一种历史，同时也在于小说在艺术上取得的成就。小说在整体构思上，以"幸福村"作为主要场景，以地方、家族势力作为历史演进的支配性线索，事实上是一个隐喻。无论深圳如何被描绘为一个"移民城市"，如何"现代"，但传统的中国文化在任何一个地方都是一个"超稳定结构"，深圳当然也是如此。无论有多少外商、外资和内地各色人等的涌入，地方势力在基层都是难以撼动的。文念祖虽然是个地道的农民，但在小说中他是左右幸福村真正的主角，他是幸福村真正的"王"。无论是台商、教授、军转干部、情人还是地方领导，事实上都是以他为中心构成的社会。他成为中心不只因为他拥有资本，更重要的是他和他的家族构成的地方势力。他的言谈举止、内心需要等，与农民出身的"王"有极大的相似性：有了钱就要编外太太，甚至猖獗地生了孩子，始乱终弃；有了钱就要显赫的身份，要教授陪伴左右装点门面；最后就是将金融资本兑换成政治资本，要到"台上坐一坐"。深圳无论表面上再"现代"、再"文明"，也不能改变文念祖深入骨髓的"王朝"观念。在这个人物身上，我们可以看到没有经过现代文明洗礼、只有物的浮华，距离真正的现代该是多么遥远。文念祖这个人物的深刻性，是通过作家具体细微的体察和纤毫毕现的生动描绘表达出来的。如果没有杰出的艺术功力，人物的深刻性是无从表达的。

小说中还值得提及的是陈太这个人物。这是一个优雅、时尚、温情、充满女性深长意味的女台商；作为商人，她奔波劳碌筹款订单，给两千多人提供了就业机会；但为了赚钱，她也可以在试用期未满就解雇工人，赚取转正前的差价；风月场上她左右逢源游刃有余，但温婉多情的背后又隐含着欲说还休的无尽苍凉。弟弟病逝、罢工风潮、资金周转等各种问题终于使这个优雅的女人彻底崩溃不辞而别。小说只是客观地呈现了这样一个女人，似乎没有明显的情感倾向，没有憎恨也没有意属。但就是这样一个看似寻常的人物，无意间却给人留下了深刻的印象。是陈太身上的什么东西打动了我们或吸引了我们的目光？是她的气质高贵、风韵犹存、多情善感、红颜薄命？似乎在是与不是之间。在我看来，陈太作为一个"注意力人物"的抢眼之处，是在与周边人物的比较中突显出来的：常来临的变数、文念祖的粗鄙、赵学尧的猥琐、迟小姐的功利等，这些人性的缺陷在陈太身上似乎都没有，但她也不是一个让人倾心的人物。她有可爱之处，但似乎又隔了一层什么，一种难以言说或名状的距离，使我们在远观的时候只能欣赏却难以亲近。曹征路在塑造这个人物的时候，拿捏的恰到好处。遗憾的是最后将陈太处理成了一个商场上的"娜拉"，在人物塑造方法上落入窠臼，有简单化或取巧之嫌。话又说回来，如果不是这样，那还是陈太吗！

在小说中，曹征路没有商量地下了"狠招"和"猛药"的人物就是赵学尧。这个人本来是一个学者、教授，一个知识分子。他初来乍到深圳时，还多少保有一点作为书生的迂腐，还有一种难以融入的身份或道德障碍。但经过学生何子钢的点拨训导，特别是初尝"成功"的快意之后，焕发或调动了他身上所有的潜能。无论是对权力、女人、金钱、利益，都以百倍的疯狂攫取。但在获得这一切的时候，他的卑微、猥琐和工于心计，都暴露无遗。这个时代知识分子的全部丑恶他都聚于一身。他为文念祖处理情妇迟小姐的事情，为文念祖登上政治舞台舞文弄墨捕风捉影，没有廉耻地拼凑"新三纲五常"，居然还和文念祖的太太发生了性关系。难怪迟小姐评价他说："你自以为很有学问，其实你也不是个东西。别以为你喜欢谈意义就很有意义了。你不要我的钱就说明你干净了？你比我还不如，我还敢作敢当你连这点勇气都没有。你挣的什么良心钱？你鞍前马后跑的是什么？那都是太监干的活儿！"曹征路是大学教授，他对当下知识分子的德行实在是太了解了。被"阉割"的赵学尧教授当然不是当今知识分子的表征，但曹征路却以写意的方式刻画出了知识分子魂灵的某些方面。

《问苍茫》在艺术上取得的成就还有很多，足以证明《问苍茫》在当下小说创作格局中的重要性。但我依然认为，在中国的语境中，特别是在变革的大时代，真正敢于触及现实问题，表达我们内心不安、焦虑、矛盾和犹疑的作品，要远比那些超拔悠远、俊逸静穆的作品更能给人以震撼。曹征路在一篇创作谈中也曾说过类似的话："小说失去了与时代对话的渴望，失去了把握社会历史的能力，失去了道德担当的勇气，失去了应有的精神含量，失去了对这种关注作审美展开的耐心，无论如何是说不过去的。我不知道当代文学何日能恢复它应有的尊严。但毫无疑问在主义之上我选择良知，在冷暖面前我相信皮肤。"[4]对曹征路的上述表达，我非常认同。

苏珊·桑塔格在《静默之美学》中说："每个时代都必须再创自己独特的'灵性（spirituality）'（所谓'灵性'就是力图解决人类生存中痛苦的结构性矛盾，力图完善人之思想，旨在超越的行为举止之策略、术语和思想）。"[5]曹征路在他的系列小说中，在某种程度上再创了我们时代独特的"灵性"。这就是，在中国现代性的不确定性中，他发现或意识到了我们言说或表达的困境，这个困境事实上是我们的思想危机，在彷徨和迷茫中才会有"苍茫"的发问。这既是对社会历史发展进程的叩问，也是对个人精神领域的坦诚相见。他没有信誓旦旦地专执一端，在情感、立场倾向底层的同时，也表现出内心的犹疑、矛盾和真实的焦虑。但他感时忧国、心怀忧患，敢于触及当下最现实和敏感的社会问题，显示了他作为作家未泯的良知和巨大的勇气。在五四运动90周年即将到来的时候，能够读到《问苍茫》这样的作品是我们的幸事。这就是：一个伟大的传统历经百年但仍薪火相传。于是我再次想到了鲁迅先生为殷夫《孩儿塔》序中的名言："这是对于前驱者的爱的大纛，也是对于摧残者的憎的丰碑。一切所谓圆熟简练、静穆幽远之作，都无须来作比方"(6)，因为这文学属于别一世界。

注:

(1) 见 CCTV.COM，2008 年 12 月 18 日。
(2) 史铁生《务虚笔记》第十九"差别"，人民文学出版社 2007 年版。
(3) 见拙文《中国的"文学第三世界"》，《文艺争鸣》2005 年第 3 期。
(4) 曹征路:《我说是逃避，也是抗争》，《北京文学·中篇小说月报选刊》总第 22 期。
(5) 苏珊·桑塔格:《激进意志的样式》5 页，上海译文出版社 2007 年版。
(6)《鲁迅全集》(第六卷) 494 页，人民文学出版社 1981 年版。

现代性难题与南中国的微茫

——评邓一光作品集《深圳在北纬 22° 27'—22° 52'》

　　深圳的历史沿革，无论推演到秦汉还是魏晋，它引起世人广泛关注还是新时期以来的事情。因此，这座历史悠久的城市，仍然可以看作是中国最年轻的城市。城市虽然年轻，却可以讲述出多种历史，它可以是"神话般地崛起座座城，奇迹般地聚起座座金山"的历史，也可以是无数打工者的命运史；可以是股市冒险者的发达史或惨败史，也可以是底层人小富即安的生活史。在不同人的眼里，深圳就这样可以书写出非常不同的历史。正是这种不同或差异性，使深圳这座城市的各个角落布满了神秘或生动的各种故事。一座有故事的城市就像一个有故事的人一样，充满了魅力或新奇感。此前，我曾在彭名燕、曹征路、邓一光、薛忆沩、盛可以、吴君、蔡东、谢宏、毕亮等不同年龄作家的笔下读到过不同的深圳。他们不同的感受和描摹使深圳变得迷离又清晰——说它迷离，是因为深圳的五光十色乱花迷眼；说它清晰，是因为有无数个具体形象的深圳场景和人物。但是，关于深圳故事和感受的讲述还远远没有结束，就像面对无数个新老城市一样，每个人都有他挥之不去的一言难尽。

2009年，邓一光从武汉移居到了深圳。一个人居住地的变迁对他人来说无关紧要，但对当事人来说却重要无比——一座城市就是一种存在状态，一座城市就是一种心情。当然，在适应这座城市的过程中，他也发现了这座城市、发现了新的自己。就这样，邓一光作为深圳的"他者"闯进了这座城市精神的心脏。于是几年后，就有了这部《深圳在北纬22° 27'-22° 52'》作品集。值得注意的是，邓一光的这部作品集与其说讲述的是深圳的故事，毋宁说他是通过深圳的各种人物、场景和符号，表达了他对这座城市的体会或想象，这种感受新奇而怪异，复杂又意犹未尽——深圳在他的作品中若即若离似是而非。但是，在他的讲述中，我看到了小说背后的隐解构，这就是：现代性的难题与南中国的微茫。

一、日常生活与文学的极端化

一个作家书写什么，表达了他在关注什么。《深圳在北纬

22° 27'-22° 52'》这部作品集，书写的人群或对象，基本是深圳的平民阶层。平民就是普通民众，他们不是这座城市的主导阶层，但他们是主体阶层。只有这个阶层的存在与精神状况，才本质地反映或表达了真实的深圳。过去我们也阅读过很多表达深圳底层生活的作品，比如"打工文学"等，这一文学现象和命名本身，已经隐含了明确的阶级意识和属性。但在当下的语境中，那种简单的民粹主义已经很难阐释今天生活的全部复杂性。因此，在我看来，当邓一光在表达深圳平民存在与精神状况的时候，他不只是讲述这个阶层无边的苦难或泪水，不只是悲悯或同情。在他看似貌不惊人的讲述中，恰恰极端化地呈现出了这个阶层的存在与精神状况。

这部由各自独立的小说构成的作品集，无意间也构成了由外及内的认知序列。开篇的小说《我在红树林想到的事情》，虚拟了一个初来深圳的"我"，在朋友带领下去"看房"。房就是家，是安身立命的基本条件，没有房就没有家。但深圳的房价高的令人咋舌，没有能力买房的"我"被朋友建议"只能去红树林了"。红树林没有房子，"我"却鬼使神差地在夜里遇到了一个男人，男人有房子，是母亲留给他的，这并不重要，重要的是母亲为了这所房子付出的代价。母亲是一个有很多男人的人："我母亲要和那么多男人干那种事情，就是说那些男人，他们很可能为我现在拥有的这套房子掏过腰包，或者他们中的一些人掏过。"后来母亲和一个男人出国了。这是一个隐秘的事件，也是这个男人的难言之隐。当然这是一个隐喻，它被讲述出来喻示的是，对平民阶层而言，在深圳拥有一套房子该是怎样的艰难。

但小说到这里并没有结束，当"我"两次睡着醒来之后，天已经大亮。这时"我"看到了在红树林生存的生命，它们是各种自然界的生命。小说在注释中说明："深圳的红树林毗邻拉姆萨尔国际湿地——香港米埔保护区，是中国最小的国家级自然保护区。"但是，"1988 年以来，深圳城市建设中，不少于八项工程占有了该保护区土地，面积达 147 公顷，占整个保护区面积的 48%，毁掉红树林 35 公顷，占原植被面积的 31%"。小说从人的存在困境过渡到自然生态的困境，或者说，现代性的难题或它的两面性已经日益突出地表现出来。住房是我们日常生活面临的问题，但更严峻的问题可能已经涉及世界的整体。

这是邓一光的忧患。但他不是用"启蒙者"的优越感告诫或警示读者，他是用最平实的日常生活——同时也以极端残酷的方式将要表达的问题呈现出来。而《乘和谐号找牙》，似乎是在回答《我在红树林想到的事情》提出的问题，这就是人要学会"放弃"。现代性的过程是一个凸显或膨胀欲望的过程，这个过程带来了生活的便捷和物质的丰盈，同时它也是一个无限索取和占有的过程，人对社会、对自然无休止地索取和占有，一定会遭遇意料之外的报复。找牙的故事，就是对"放弃"的释然或顿悟。但是，生活又远没有这样简单，它的全部复杂性就是让人欲罢不能难以释怀。《宝贝，我们去北大》，讲述的是一对中年夫妇为生活和生育奔波的故事。傅小丽和王川都已年近四十，还是没有自己的孩子。但他们历久弥坚地相信一定会有自己的孩子。于是，他们一次次地去北大——北京大学医院在深圳办的一家医院的生殖科。在生活方面，他们不得不节衣缩食：他们现在的早餐是开水泡饭和虾杂面酱，"有一段时间他们的早餐是面包片。还有一段时间他给她煎火腿蛋，加一大杯'蒙牛'牌高钙奶，用微波炉煮沸。自从物价上涨以后，他们调整了早餐品种。必须紧缩开支。他们要养三个老人、两个读书的妹妹。他们还要存钱买房，还要为宝宝攒教育费"。这倒也没有什么，平民阶层面对的生活就是这样。但是，另一条线索同时出现了：一辆醉驾的 2003 年款道奇"战斧"撞上了护栏。"战斧"主人的母亲掏出一张支票，非要儿子早上酒醒后就能见到完美的座驾。这样，作为丈夫和师父的王川，一边要关照妻子去"北大医院"，一边要带领三个徒弟干到半夜。王川没有怨言。讲述者也心平气和，但是让人难以理喻的是这个被王川徒弟戏称为

"繁漪"的女人，居然连半天的时间都不肯相让，王川确实需要半天时间处理个人事情。女人说酒驾的"还是个孩子，他不愿意等"，并一再强调这是一座文明城市。她告诫王川们：如果你们"还想继续活在这座城市里，记住别玷污了它"。这当然是反讽，究竟是谁玷污了这座城市不言自明。面对这样的生存处境，王川当然也有不能自控的时候，他曾经因为傅小丽跳舞动手打过她——傅小丽跳的那支舞曲是《感恩的心》。也难怪王川失控，生活破碎到了如此地步，要感谁的"恩"呢？

《万象城不知道钱的命运》，用流行的说法是一篇典型的"底层写作"：年关到了，打工的德林要购票回家过年。八百万外来人口都要回家过年，买到车票就不是一件容易的事情。德林没有买到票。没有买到票的德林只能给家里打电话："母亲问他们是不是不再生了——生儿子。细叶为账单和家用烦心。大女儿担心今年的学费能不能一次交齐，小女儿只关心新年礼物。总之家里四个女人，没有人问他什么时候回家过年。"但是，有责任感、有良心的德林并不沮丧，他要寄钱给哥哥，救他出狱，要给母亲、大女、二女，剩下的都归妻子细叶。德林最终当然也不能回家过年了。不能回家过年的德林却并不难过，虽然万象城琳琅满目的商品与他没有关系，深圳一切都是钱说了算。可家里何尝不是这样呢。于是德林阿Q式地用想象的方式满足了自己一次无限消费的过程，他"心里一下子敞亮了"。虽然不能回家过年，但"他觉得这个年，他会过得不错"。德林没有眼泪和抱怨，"身兼数职"的重负也没有压倒他。但是，他无边的苦难不著一字尽得风流。

这些平民的生存状态，沉淀在深圳的最底层，当然也是基础。一旦邓一光用文学的方式表达出来的时候，他就这样让我们认识了另一个深圳。

二、眼泪与梦

邓一光在这部作品集中，无数次地写到眼泪，当然也有梦。眼泪在现实中，它是一个人悲伤、无助以致绝望的情感表达；梦在幻觉里，是一个人潜意识在睡梦中不自觉的虚幻实现，它可以飞翔、可以到任何地方，可以实现现实中不能或难以实现的愿望或诉求。它们应该是一对矛盾。正是这样的矛盾构成了深圳平民精神世界的一个方面。当然，任何文学作品都不免写到眼泪和梦，但是在邓一光的作品里，眼泪不是我们惯常见到的生离死别，不是少男少女失去的爱情；他的人物的眼泪是惶恐、不安或者身份、生存焦虑的紧张造成的。梦也不是金榜题名黄金屋颜如玉，而是由于存在的荒诞感、不真实性带来的人物内心潜在的试图逃离的一种方式。如果是这样的话，这些元素就构成了深圳平民精神世界的微茫特征。

《离市中心二百米》讲述的人物心理可能匪夷所思：一对有博士硕士学位的夫妇，特别是女硕士，就想居住在市中心。他们找到了市中心的南北中轴线，然后在距市中心二百米的地方租到了一所房子。女硕士喜极而泣。她坐在窗台上，"蜷缩在那里，一把一把抹眼泪。天亮了她还在梦里抽搭"。居住在市中心是一个梦，是一种身份的象征。靠近市中心不仅意味着靠近上流社会，更重要的是能够实现做一个稳定的"深圳人"的愿望。因此他们打算消费时她才会说出："酒店吃不惯，出门有围龙屋客家食府，不行就元禄回转寿司。谁叫咱们住在市中心。"然而，市中心的一切与他们并没有构成实质性的关系。男博士最后还是沮丧地说："我只知道，我不是深圳人，从来不是，一直不是。"深圳是移民城市，大多数人在这里都没有根。因此，是否是一个深圳人，与身体是否处在市中心没有关系，它是一个与身份相关的文化问题。

在《宝贝，我们去北大》中，傅小丽几乎就没有终止过眼泪，从表面上看是因为她不能为王川生一个他们共同的孩子。她甚至动过离开王川，为王川再找一个女人生孩子的念头，但本质的原因还是她的身份焦虑。这不仅是不能成为一个母亲就不能做一个完整女人的焦虑，更重要的是她是否能够成为一个深圳人的焦虑。她也曾经和一个叫周立平的人"好"过，她的女朋友吴玉芳说："傅小丽你要下决心，周立平真的在乎你，他前妻缠他他都不干，你只要和他睡了立刻就能住进产权房，你就是真正的深圳人了。"傅小丽没有跨出那一步，她还是王川的妻子，但她有自己对深圳的认识，她认为自己就是一个深圳的多余人，她对深圳而言"不再需要了"。王川安慰她说"需要""深圳念旧"，傅小丽说"念个屁""它在高速发展。它停不下来。它谁也不念"。这是傅小丽在冲动中说出的话，但这样的深圳认识显然在内心潜伏已久。

但是，深圳不相信眼泪。现代性的过程起码在当下是一个逐渐去除情感的过程，人内心的友善、同情、悲悯、助人等品质，逐渐淡化，而越发凸显的则是冷漠、观望、无动于衷。人的情感更多的是在个人的"内宇宙"中展开。不只是深圳，任何城市都排斥外来的"他者"，我们在西方"成长小说""流浪汉小说"等作品中已经耳熟能详，巴黎将非巴黎人称作"外省人"就是例证。因此，任何人进入城市，都必须经历一个受挫、失败的过程。如果没有乡下作家进城的失意或挫折，乡村文学田园牧歌式的诗意是难以想象和完成的。也正因为如此，那种逃离、远行、排拒城市的梦，对外来者来说一直没有终止。但是，现代性是一条不归路，进入城市的外来者，除了不可抗拒的因素外，他们是绝不离开城市的。因此，梦就成了他们逃离的唯一形式。

《深圳在北纬22°27'—22°52'》，是一篇受到广泛好评的小说。小说开篇就写梦境，他"梦见自己在草原上，一大片绿薄荷从脚下铺到天边"，而且经常梦见草原："在梦中，他就是一匹马，撒着欢儿，无拘无束。从梦中醒来后，他还在大口地呼吸，胸脯剧烈地起伏，小腿肚子发紧，膀胱也发紧，而且他的后颈上有一层细细的汗。"不仅做监理工程师的丈夫做梦，做瑜伽教师的妻子也经常做梦。她告诉他昨晚的梦："梦里又变成了一只蝴蝶。这一次，她在热带雨林里快乐地飞翔，没想到遭遇了劈头盖脸的雨。前两次她在莫名的地方，一次是气候干燥的北非沙漠，一次是冰天雪地的南极。在北非的时候她能开口说话。在南极的时候她不能说，用的是哑语，因为不习惯用触角或足打手势，差一点被一只帝企鹅误会了。"

做梦是健康人经常遇到的事，本来不足为奇。但有趣的是，夫妻二人经常梦到的是马和蝴蝶。马是与驰骋、奔跑相联系的动物；蝴蝶是飞舞的昆虫，而且翩翩多姿。驰骋和飞舞是自由的象征，经验表明，人越是缺乏什么越是向往什么。那么，这对夫妻究竟缺乏什么呢？小说交代："他们从不吃隔夜的食物，他们甚至不吃隔夜的蔬菜。"这表明他们在经济上没有问题；他们夫妻感情很好，妻子经常"蚬蛹似的钻进他腹下，嘴唇贴在他小腹上，吮吸着"睡觉。排除夫妻生活的各个方面都没有问题后，我们发现，这是深圳，问题就出在深圳上。我们看到监理的工作状态是："整个白天他都在工地上没头没脑地奔波。"因为在深圳：

> 没有人偷懒。在深圳你根本别想见到懒人。深圳连劳模都不评了，评起来至少八百万人披红挂绿站到台上。但没有人管这个，也没有人管你死活。深圳过去提倡速度，现在提倡质量，可在快速道上跑了三十年，改不改惯性都在那儿，刹不住。

于是监理感到的就是："他累，却只能忍着，无处可说。"监理的疲惫传染了妻子，于是妻子的梦也多了起来。更糟糕的是，不只是这一对夫妻，几乎所有的人，"他们焦虑或镇定，不安或顽忍，掩饰或坦然，却同样孤独地找不到同类"。所以深圳这座城市的光鲜、辉煌正是用它的意想不到的另一面作为代价实现的。现代性的承诺只实现了一部分，而它遮蔽的恰恰是需要发现的。这是一个难题，这个难题铸成的就是南中国精神或心理上的微茫。邓一光在作品集的后记中说:"任何城市和任何时代都存在至少两种城市和时代认知,一种是现实的城市或时代,一种是想象的城市或时代。小说当然要承担时代及历史记忆的打捞和记录功能,但先在性的、行动着的想象力才是小说与生俱来的责任。小说的意义更在于,它是人类人文精神的感性象征、细节佐证和精神索引,唯有这一点,它的意义超过了美轮美奂的城市建筑。"这是一种小说理念。它要表达的是,小说既是现实的,同时也是飞翔的。

三、空间与场景

空间是小说人物展开活动的场域,这个空间可以是开放的,也可以是封闭的。但它一定是一个特定的空间,短篇小说尤其如此。同时,不同空间具有不同的功能,它制约或限制着小说的内在结构及人物关系。这与其他叙事文学的形式功能是一样的。

《乘和谐号找牙》,小说题目在表达荒诞性的同时,也告知了小说展开的空间——和谐号车厢里。小说缘起于"我"的牙丢了,而且言之凿凿丢在了广州,乘和谐号就是为了去广州找牙。在即将开车时,来了一位年轻女人。"我"帮助年轻女人放好了巨大的行李,女人却坐在了"我"的座位上,"我"只好另寻座位。但女人却追了过来，两人无可避免地攀谈起来。车厢是一个封闭的空间，但它是一个流动的空间。流动的空间与两人交流的升温和深入构成了同构关系，空间的流动性使小说有了律动感。流动就是不确定，一切未果，于是就有了悬念。果然，这位有轻微倾诉强迫症的女人，也有丢失的东西，而且对女人来说是致命的——乳房。她自己说那是非常迷人的乳房，"您能想到的最美的乳房"。女人没有乳房就失去了性别体征，所以她说她的身体都不见了。"和谐号"到了终点，车门打开后，一个封闭的空间敞开。这时小说有了结果——丢失牙齿的"我"顿时释然："看来谁都有东西在不经意之中丢失掉。我丢失的是牙齿，别人丢失的是另外的什么东西。"于是他放弃了寻找牙齿的努力，又买了一张返回的和谐号车票回深圳了。只有在敞开的空间里，在与他人的比较中才会发现，个人得失可能不那么重要，放弃或许更重要。

《罗湖游戏》展开的空间是一家餐厅。餐厅是一个敞开的空间，是公共场域。这个场景的设定，犹如一个戏剧舞台，或者荧屏或银幕，它就是为观众设定的。果然，四个食客如期而至地登场了。他们先是等位，然后是我们在餐厅惯常见到的场景：点菜、喝酒、聊天。然后由于酒精的作用，将聚餐推向高潮。不同的聚餐有不同的高潮或结束方式，那是由聚餐人的身份和关系决定的。当然，我们必须关注聚餐谈话的内容——不同的群体、不同身份的聚会，谈话内容一定有所不同，但有一点是共同的，那就是他们在谈论什么，就一定是在关注什么，他们的话题有通约关系，也就是共同怀有兴趣。这是一个敞开的场景，但是你发现，这个敞开的场景并没有实现"公共空间"的功能，四个人构成了一个封闭的小圈子。当然，聚餐是私人性质，可以不与之外的任何人打交道。但是故事讲述者显然有旁及整个场景的机会或可能，但他都没有涉及。人与人之间的关系在这里构成一种隐喻。然后我们听到的是这样一些谈话内容："我要是店家，不会让大胸的服务生写菜单""刚才你们谁推我""说说罗湖游戏，是怎么回事""谁是廖真珍？我们办公室一个老姑娘"等等，这些话题散乱而无序，之间没有任何联系，就像这四个人的关系一样。聚餐结束时，居然"我们谁也没有理谁"。讲述者"我"突然发问："他们是谁？他们是干什么的？"这个发问既是四个人没有任何关系的必然结果，也是对这场聚会的巨大解构。因此有了这样一个合乎逻辑的结尾：

关于这顿饭，疑点很多。我为什么非得在食府等位？我来这里干什么？那个大厨模样的男人是谁？罗湖游戏到底是什么游戏？怎么玩？直到最后他们都没说。还有，我根本不认识他们。我是说，林洁也好，郭子和熊风也好，我不认识他们。我连他们叫什么都不知道。他们的名字是临时取的，我取的凑合着用一下，以免把人弄混了。所以三个人都取了单名。

名字这东西，你可以信，也可以不信。

小说的荒诞性至此呈现出来。这个荒诞性是通过戏剧化的方式得到表达的，比如那个"罗湖游戏"一直隐藏在幕后，它的谜底始终没有揭开，它就像被等待的那个"戈多"，究竟是迟迟不临还是子虚乌有已经不重要，因为它就如同那三个被虚构的人物一样，是被设定的符号化的元素，他们是谁都一样。存在主义哲学在当下的日常生活中仍然没有退场，人与人难以沟通的绝对性，构成了小说荒诞性的哲学基础。

《仙湖在另一个地方熠熠闪光》与《罗湖游戏》大不相同，它的空间是一个封闭的场景——私人居室。人物也只有他和她两个人。一对成年男女在一个私密空间里，原本是一个被"窥视"的所在——它喻示着缠绵、暧昧、情色等等。而这两人的关系也确实诡秘，此时的他们是一次私密的幽会：两人的关系显然不同寻常，这从他们的口吻、眼神、动作都能体现出来。尤其女人的关切、理解和自然的行为，给人深刻印象。但是，他们接触了之后我们发现，两人又像是两条轨道上跑的车，总是不能交会，就像都在守着一个不可言说的秘密，谁都不肯先说出来。因此，我们窥视到的情况可能会让很多人大失所望：我们只见那个男的非常不安，一直在看电视里日本福岛核电站泄漏的新闻；女的则不关心这件事，她心不在焉地读自己喜欢的书。他们在一起的四天里，也交谈、也散步、也做饭，但奇怪的是他们没有身体接触。这种人物关系一直以神秘的方式向前流淌。直到小说即将结束时我们才得知：他们曾经是大学同学，是曾经的恋人并且有一个共同的孩子。但此时的他们已经各自有了归属，这个女人也许过两天，就可以开着她的布加迪，过了罗湖回到香港半山的豪宅里。因此，这是一次为了告别的聚会，一切都结束了。这也是他们四天同居一室，各怀心事的最终原因。那个封闭的私人空间，可以让他们的身体与世隔绝，他们的心却在各自的轨道上飞翔。深圳隐秘或堂而皇之的角落，就隐藏着无数这样的隐秘故事，它们飘浮或散落在深圳汪洋一样的生活中，使这座英姿勃发的城市迷离又绚烂。

小说有鲜明的先锋文学气质，特别是在叙事视角上。这里的叙事视角是"后视角"：只有讲述者把当事人的经历全部呈现出来时，一切才浮出水面。我曾经多次讲过，在当代中国，是否受过先锋文学的洗礼是大不一样的。邓一光的小说不只是讲述故事，故事只是他小说的一个元素，他通过这些时断时续的故事线索，处理的是人物的精神状态或处境，它是以处理人物的精神和心灵事务为旨归的。荒诞性、不确定性和人物命运的不可知性，构成了他小说的内在结构。他对小说的理解和处理方式，使他这部作品集鲜明地区别于当下所有书写都市生活的作品，从而在短篇小说创作中独树一帜。

当下中国的社会构型还远远没有完成，以城市文明为核心的新文明正在建构当中。深圳作为新兴的一线城市，作为新文明崛起的一个"个案"，具有鲜明的典型性和代表性。新文明建构过程中的所有问题在深圳都可以轻易地找到或看到佐证。在这样的时候，邓一光置身其间恰逢其时，他的小说从一个方面为我们记录或揭示了深圳精神状况的某些方面。他在这本书的后记中说："这部短篇小说集里的故事来自我在深圳一年的生活。它更像一部文学笔记。也许我每年都会写一些。……如果十年以后我还在写，写下几十个甚至更多的篇什，它们会形成我对这座城市的认知史。"现在看来，邓一光已经部分地实现了自己的期许。

我稍嫌不满足的是，他的这些杰出的小说，在结构上可能有些雷同。它们都是实写的姿态，写具体的日常生活，然后虚写，写一个意象或具有象征性的事物，都是先在地上预热，然后飞向空中。或者说，这些小说都是试图在具体生活中发现哲学，发现抽象的、令人震惊的感悟，然后让那些无关紧要的日常琐事烟消云散。比如房子与红树林、牙齿与放弃、聚餐与存在主义、深圳与草原等等。这些想法确实不错，但如果用得多了，似乎就有重复的感觉。我觉得，是不是这些小说是在一个时段里集中创作的原因，使邓一光无意识形成一种思维定势带来的后果？这当然是揣测，但是否也是问题呢？

对战争与战争文化的新思考

——《我是我的神》的一个侧面

邓一光是这个时代有英雄气概的作家。从《我是太阳》《父亲是个兵》到《我是我的神》，他确立了自己独步文坛的硬朗风格。在软性文化无处不在的时代，邓一光成为一个重要的文学参照——我们毕竟还有一息尚存的阳刚之气。2008年八十万言的《我是我的神》出版之后，好评如潮，一时洛阳纸贵。这部规模宏大的小说，延续了他惯有的风格和题材：这是一部充满英雄主义和理想主义的小说，是一部当代中国的编年史或精神史，是一部当代中国的"家族传奇"，是一部"红二代"的"叛逆史"、成长史和"皈依史"，同时也是一部重新思考战争和战争文化的小说。因此，《我是我的神》的丰富性可以从不同的方面得到阐发和认识。

在中国当代文学史上，普遍认为最有成就的小说是两个题材：一是农村题材或乡土文学，一是革命历史题材。而革命历史题材多以战争小说为主。作为当代文学经典的"三红一创保山青林"多与战争有关。但是，我们的战争小说到底有怎样的成就是值得讨论的。我曾说过我们的抗战文学无经典，虽然不合时宜却是事实。这种情况与作家对战争的理解、与我们的战争观或历史观有关。当然，那时的"战争文学"与实现国族全员动员的诉求有关，国族动员的诉求就是同仇敌忾。于是，每当战斗即将展开时，"请战书像雪片般地飞向连队"，也是我们经常看到的战地气氛，中国人民在反侵略战争中的高尚、纯粹和勇于牺牲，在这类文艺作品中表达得最为充分。这样的场景一方面表达了参与战争的人对非正义战争、侵略战争的正义感和无畏精神，但另一方面，也不经意地表达了对战争这一事物本身的态度。战争结束之后，当代文学史上确实也创作了一些表达"抗战记忆"的作品，比如《烈火金刚》《铁道游击队》《敌后武工队》《平原枪声》等。但这些作品更注重表达的是对战争胜利过程的描述，以及对战争胜利的庆典，而对战争本质更深入的揭示还没有完成。因国族动员需要而形成的表达策略，使这些作品对战争的价值判断淹没或遮蔽了对战争这一事物本身的思考。或者说，对反侵略战争、反对非正义战争的描写因国家民族的叙事而忽略了战争对具体人构成的精神影响或心灵创伤。在这一点上，我们和西方以二战或其他战争为题材的作品所表达的思想和关怀是非常不同的。

《我是我的神》书写了多场战争：解放战争、渡海战役、朝鲜战争、"8·6海战""对越自卫反击战"等。邓一光没有经历过战争，他对战争的讲述显然是虚构的。但他有自己的战争观和对战争文化独到的思考和表达：战争不仅是战争本身，它的遗产是战争文化以及对后来生活产生的重大影响。我看到，邓一光对战争和战争文化的重新思考，是在两个层面展开的：一是对战争场面的描述，一是对战争文化巨大影响的反思。战争的残酷场景在小说中比比皆是：解放战争中，乌力图古拉的"313师在宋部重兵围困下恶战了三天，用光了一万六千发炮弹、五十二万发子弹、九万枚手榴弹、三千公斤黄色炸药，战斗减员占全师三分之一。……炸弹不断落在313师的阵地上，炸得313师官兵们连眉毛胡子都燃了起来，空气中弥漫着呛人的硝硫味，山冈上到处都是被燃烧弹烧得毕剥冒油的死尸，连日大雨也没有把那些火焰浇熄。最前沿的14团8营，官兵们的衣裳全着了火，营长战死，副营长两只眼珠给炸没了。教导员火人儿似的光着脚丫子满阵地跑，嘶哑着嗓子喊叫，要士兵们脱掉燃着的衣裳，在大雨中光着身子向冲上来的敌人射击"。具体的战争不只是"威武之师胜利之师"的狂乱抒情，他们也有"'师长，我们完了。'14团团长和政委哭了。偌大的汉子，眼泪在脏兮兮的脸上不知羞耻地流淌，'14团打光了，我们再也挡不住了'"的绝望，313师也有"师侧翼有好几次被敌方撕破，差一点儿陷入全军覆灭的绝境。战斗最激烈的时候，宋部士兵冲到师指挥所附近，连续向指挥所扔进几颗捷克造瓜式手雷，好几名参谋警卫被掀到洞壁上贴着，慢慢滑下去，软在那儿再也站不起来"的悲惨时刻。除了对战场惨烈残酷场景的直接描写，邓一光还通过不同的视角呈现了战争的惨不忍睹：萨努娅"帮助医护人员把重伤员从车上抬下来。那些重伤员完全没有了样子——胳膊被炮弹炸飞，露出参差不齐的骨碴；腿被手榴弹轰得只连着一层皮，像是没发育好的婴儿躺在身体一旁；肚子被机枪子弹打成了烂筛子，花花绿绿的肠子流出一大团；后背被刺刀挑开，肋骨白生生地刺在外面；汽油弹烧瞎了眼睛，黑黢黢的面孔上只看见两只呆滞的眼仁；因为脑震荡而成了白痴，一动弹就呵呵地傻笑；生殖器连同宝贵的膀胱被坦克机枪一块儿打掉，下身露出巨大的空洞；脊梁被炮弹掀起的石头砸碎成好几截，担架一摇晃身子就左右分开……"。这不是邓一光对惨绝人寰景象的迷恋，我相信他也没有"炫技"的个人嗜好。这些令人晕眩的场景是反人类反人性的，当邓一光将这些呈现在读者面前的时候，那里已经隐含了他对战争的态度。

当老一代的"战争"结束后，战争文化的影响并没有结束。乌力图古拉和简先民的后代们，在和平环境的日常生活中"组建"了"简氏集团"和"乌力氏集团"，虽然是孩子间的"游戏"，但这种"游戏"的思维方式和话语方式，从一个方面表达了战争文化对下一代的深刻影响：

> 简氏集团军屡败屡战，勇气可嘉，但处境并没有丝毫好转。乌力氏集团军的战争态势大气磅礴，战略步骤周密精致，战役行动出神入化，令人防不胜防。
>
> 在新的一轮战役中，乌力氏集团军开始使用更新式的装备——他们改进了弹弓的推进器部分，用止血胶管代替汽车内胎，这样制造出来的弹弓，柔韧度达到了完美无瑕的程度；他们还用整块的胶皮贴在脸上、裸露的手臂上，这样就等于穿戴上一副刀枪不入的铠甲；他们仗着优势装备，有恃无恐，一个个不要命地往前冲，攻势之猛烈，根本无法阻拦。

这样分析战争文化的影响也许有小题大做之嫌，但事情的确如此。它后来的发展我相信足以使任何人震动不已。"文革"期间：

简小川在六中红卫兵夺权运动中大打出手，打破了一个解放前参加过三青团的副校长的脑袋，还打断了一个当过国民党军医的校医的肋骨。方红藤很担心，要简先民管一管自己的儿子，不要让儿子在外面惹是生非。

谩骂式的辩论。铜扣横飞的皮带。被扒下来丢进火焰的将校服。清一色悲壮的光头。呼啸而过的蓝岭牌、三枪牌、飞鸽牌。风高月黑的偷袭。漫天飞舞的传单。砸烂的油印机。摔在地上再踩上几脚的高音喇叭。沾着呕吐物的皮鞋。高高举起的日本指挥刀。分辨不清敌我的群殴。喷溅而出的鲜血。打落再和血吞下的牙齿……

当然，这些现象的出现仅用战争文化是难以周延解释的。但是，这里战争文化的影子或对其"戏仿"的惊人相似，能说一点关系也没有吗？"红二代"也终于长大成人，他们也终于有机会参加战争。值得欣慰的是，作为特种兵的乌力天赫，战争不仅使他获得了一种坚韧不拔的性格，更使他在经历死亡后，在战争中生发出独立思考。他参加了战争又超越了战争。他从开始的为人民而战到后来发现战争的惊人相似之处，他对战争产生了质疑，进而对战争暴力质疑和批判；"对越自卫反击战"的乌力天扬是一个英雄，但他极力回避这个身份。反倒赎罪似的探望死亡战友的家属，将被社会遗弃的少年时流浪伙伴召集在一起办蔬菜养殖场，到处筹款，帮助别人，支撑着力不从心的乌力家族。这些笔致，是邓一光对战争和战争文化所作的新思考。

当然，关于战争，人们的理解随着时间的延展、国际环境的变化以及对战争本身的多方面反省已经有了很大的变化。苏联作家瓦西里耶夫自己也曾谈到了这种变化以及对他的影响。他说："在战争之后，在苏联立刻出现了战争文学表现胜利的浪潮。这是对我们的巨大牺牲的反映，大家都知道，为此，我们洒出了多少鲜血。后来，略微清醒和冷静了，为回答这种胜利浪潮我写了《这里的黎明静悄悄》。我想说，不，孩子们，请原谅我，一切并非如此，战争是残酷的事物，不是盛大的欢宴……关于伟大的卫国战争还会继续写。现在的一代人写不出，但是，我认为在下一代将会写出来。要知道每个人都有自己的战争，每个人在自己的战壕中、自己的坦克上，自己的大炮旁亲临战争……关于1812年战争的鸿篇巨制是在战争五十年以后写出来的。我们现在关于战争的小说，情况也将如此。"对战争以政治学、社会学或意识形态的角度去认知的时候，可以得出正义、非正义，侵略、反侵略的战争观念。但对战争本身的反省或检讨，却可以超越意识形态的框架，用艺术的方式去感受、认识战争就是其中的一种。我们知道，艺术是处理人类精神和心灵事务的领域，无论是什么性质的战争，都会对人的心灵造成难以愈合的创痛，胜利的战争也不能抹去战争给人的心灵带来的阴影。对人的命运的深切关怀、对人性的关怀、对人类基本价值的守护和承诺，才是战争小说要表达的基本主题。战争结束了，但一切并没有成为过去，就像《这里的黎明静悄悄》中幸存的瓦斯科夫并没走出战争的阴影一样，乌力天赫、乌力天扬的心灵也已伤痕累累不堪重负。因此，《我是我的神》是一部反对所有战争的小说。这就是邓一光对战争和战争文化重新思考的结果。

评彭名燕的长篇小说《倾斜至深处》

《倾斜至深处》的封底评论说："这是作家彭名燕迄今为止写得最棒的一部小说。"我完全同意这个判断。这部小说远在主流或非主流的议论范畴之外，它书写的人物于我们来说非常陌生，但书写的内容我们却耳熟能详，这些家长里短鸡零狗碎的日常生活，也就是我们的生活。当我们置身其间的时候完全浑然不觉，一旦彭名燕用小说的方式集中和盘托出的时候，它会让我们震惊不已。在这个意义上可以说：生活是被小说家发现的。

那么，彭名燕究竟发现了什么、是什么事物让我们深感震惊？在我看来，重要的就在于彭名燕发现了生活的本质就是矛盾和冲突。小说的基本故事在一个家庭里展开，这是一个特殊的家庭，男主人杰克是新加坡人，却有二十多年的美国学习和工作经历；女主人容容是中国人，也有很长的德国学习和工作经历；而家里的保姆除了菲律宾人就是印度尼西亚人，"一个家有五个国籍，四种信仰，等于联合国，能吃到一锅里已经是奇迹"。这样一个家庭构成，为小说提供的可能性是完全可以想象的。小说的主要人物是岳母、女儿和女婿。矛盾当然也在这些人物中展开。有趣的是，一般家庭特别是传统的中国家庭，矛盾主要集中在婆媳之间，婆媳是一对天敌，做儿子的处境可想而知。能处理好婆媳关系的人，应该是一个智力、能力都超常的女人，她应该有能力处理任何关系。而岳母和女婿的关系处理起来则相对容易些。但是在《倾斜至深处》中，矛盾的双方恰恰是岳母和女婿。女婿杰克是一个出身平民、毕业于哈佛的知识精英。他对贵族生活不仅向往而且不遗余力地追求，对物质消费和享受极端迷恋：贷款也要买奔驰车，出门从来不坐经济舱，没钱透支也要坐头等舱；几十万的信用卡瞬间就挥霍一空，冰柜里是两百多瓶几十年前收藏的法国名贵葡萄酒，并且要恒温保存……这个异国女婿在岳母看来，是"外表美观，但灵魂千疮百孔，这样的男人能爱吗"。矛盾和冲突由此埋下种子。

意料之中的是，家庭里面没有路线冲突或政治斗争。但日常生活的政治和斗争同样会让人筋疲力尽，同样会耗尽对生活的热情和欣赏的态度。但是，《倾斜至深处》又不是阶级斗争和道德批判，不是 60 年代话剧《千万不要忘记》中的丁爷爷和父亲丁海宽与丁少纯的矛盾。那里的批判有阶级救赎的微言大义。而《倾斜至深处》的岳母与女婿的关系，是文化观念的冲突和矛盾。这种矛盾没有对和错，没有谁更有道理，当然，也不可能谁来说服谁。这样的矛盾和冲突是不可化解的。

因此，对于岳母白竹芳来说，她遭遇了与自己文化观念截然不同的另一种文化。这位成就卓著的教育家，培养的学生有院士、部长、中央委员，社会主义的文化观念于她来说根深蒂固。因此，当她面对一个有极端化倾向的女婿的时候，她遇到了挑战。这种挑战是不同文明的挑战。不能说白竹芳的观念是错误的，我们只能说，她的观念是过去的，尽管过去的也没什么不好。但是，事实上，无论白竹芳对女婿杰克有怎样的不满，都不能掩饰作家彭名燕对杰克的欣赏。无论是观念还是生活方式。或者说，面对难以阻挡的新文明或新的生活变局，彭名燕虽然有些许犹疑，但总体上她是以开放的姿态和兴奋的心情欢迎它的到来。

与日益崛起的网络文学比较起来，传统的长篇小说将越来越小众化，同时在创作上也将越来越个人化。没有潮流是正常的，它意在表明，作家是遵循个人对生活的感受和对小说的理解从事自己的工作。这应该是今后长篇小说创作的基本趋势。

让爱成为精神疗治的良药

——评李兰妮的《我因思爱成病——狗医生周乐乐和病人李兰妮》

李兰妮的《我因思爱成病——狗医生周乐乐和病人李兰妮》，是她2008年出版的《旷野无人》的续篇。《旷野无人》出版之后，在国内刮起了一阵不大不小的"李兰妮旋风"——这部作品太重要了。记得次年吴丽艳发表了一篇《强大的内心与爱的伟力》的评论文章。文章说："李兰妮的《旷野无人》，在形式上是一部'超文体'的文学作品，它的内容则是一次向死而生捍卫生命尊严的决绝宣言，是一部不堪回首的与死神自我决斗的'精神的战地日记'，是一个内心强大、大爱无疆的勇者与读者坦诚无碍地交流，是一次在精神悬崖上的英武凯旋。它的光荣堪比任何奖章式的荣誉，因为没有什么能够比敢于走过捍卫生命尊严的漫长而残酷的过程更值得感佩和尊重。我们难以想象抑郁症患者的生理与精神苦痛，但我们知道，《旷野无人》'往日重现'

的叙述，不是回忆一场难忘的音乐会，不是回忆一场朋友久别重逢的感人场景，它是李兰妮重返精神黑洞，再次复述她曾无数次经历的生命暗夜的痛苦之旅，她知道这个想法漫长并敢于诉诸实践的勇气，就足以使我们对她举手加额并须仰视。作为一部作品，它文字的质朴、叙述的诚恳以及深怀惊恐并非澹定的诚实，是我们多年不曾见到的。因此我可以说，《旷野无人》无论对于抑郁症患者还是普通读者，都是一部开卷有益、值得阅读的有价值的好作品。"[1]但是，实事求是地说，《旷野无人》的重要性并没有得到应有的重视。在今天的文学环境下，任何一部作品无论多么重要，都难再产生石破天惊的效应。这个时代的浮躁之气可见一斑。

但是，浮躁的环境没有影响李兰妮继续创作的热情和坚定。五年过去之后，李兰妮出版了这部《我因思爱成病——狗医生周乐乐和病人李兰妮》的著作。我们不必急于从文体上指认这究竟是一部怎样的著作，它是散文抑或是小说都不重要。重要的是李兰妮以常人难以想象的毅力长久地坚持：她完成的是一部苦难的抑郁病史，是一部艰难的非虚构的精神自传，当然更是一部用爱作良药自我疗治的试验记录。读过这部大书，内心唯有感动与震撼。《旷野无人》虽然有治疗、认知和其他事物的讲述，但仍可以看作是一个人的独白或自述；而《我因思爱成病》

除了"认知"部分外，最主要的部分则是李兰妮与小狗周乐乐的"对话"。周乐乐从出生月余到七周岁，整整七年时间与"姐姐"李兰妮和"哥哥"周教授生活在一起。七年的朝夕相处不仅没有出现"七年之痒"，而且感情与日俱增。自国内养狗之风日盛以来，人与狗的感人故事愈演愈烈。但是，人与狗的感情是怎样建立起来的则鲜有陈述。读过《我因思爱成病》后我们才知道，与狗建立情感是需要付出代价的：对狗性的了解、理解，花时间陪狗、照顾狗，狗生病要医治，狗绝食要劝诱进食，狗咬了人居然还要安抚狗，等等。这确实需要耐心、爱意和不厌其烦。

但是，狗对主人的回报也是令人难以想象的。这个回报就是无条件的忠诚：

> 往常，我若心脏难受或胃痛，也会起来走动。每次悄悄走出卧室，乐乐都会立刻跟着出来。哪怕前一分钟他还在床底下熟睡，甚至打着小呼噜。不管我的脚步多么轻，他都会醒来跟着我，陪我待在同一个房间里。我若在黑暗的客厅里走动，他就趴在茶几下似睡非睡。我若躺在沙发上，他会跳上沙发，与我保持一段距离。抬头看看我，掉过头去，屁股尾巴对着我。

左挪一下，右挪一下，踏实了，就不动了。我以为他睡着了，一起身，他立刻跟过来。不远不近地守着，像高素质的保镖，内紧外松。黑夜中，我不知道他的小脑瓜里想什么，有时去抱他，他会挣脱我的怀抱。就像初一的小男生不许女老师摸脑袋一样，闪一边去，闷头守望。这种时候，我心里会觉得温暖。我会看着他的影子不出声地笑。[2]

　　这就是周乐乐为主人带来的快乐。可以想象此时李兰妮的幸福和满足。动物与人的这种关系实在是太微妙了，它不是人与人之间的关爱或交流，动物没有语言。但动物用它的行为弥补了人与人交往中的某些难以言说的不满足，这样的体会或许只有在与动物长久、诚恳的交往中才能获得。这就是动物为主人带来的回报。

　　《旷野无人》的发表，李兰妮向世人告知了她的病情，也告知了她与疾病顽强、毫不妥协地抗争；《我因思爱成病》则是她进一步与疾病抗争的记录和证词。不同的是，她在偶遇狗医生周乐乐的过程中，也没有条件地施加了自己的善与爱。这个善与爱就是安德鲁·所罗门说的："在忧郁中成长的人，可以从痛苦经验中培养精神世界的深度，这就是潘多拉的盒子最底下那带翅膀的东西。"(3)李兰妮培养出了潘多拉盒子最底下那带翅膀的东西，她试图因此走出困惑已久的境地。作为文学作品，我们完全可以将《我因思爱成病》看成一个隐喻——那是我们这个时代共同的病症。治疗这个病症或走出这样的困境没有别的良药，它还要靠我们自己，那就是让我们每个人都拥有发自内心的善与爱，捆绑心灵的绳索可能由此解脱。

注:

（1）吴丽艳:《强大的内心与爱的伟力——评李兰妮的〈旷野无人〉》，载《文艺争鸣》2009年第12期。
（2）李兰妮:《我因思爱成病》157页，人民文学出版社2013年版。
（3）安德鲁·所罗门:《忧郁·前言》，重庆出版社2010年版。

秋日的忧伤与温婉的笔致

——评南翔的短篇小说《绿皮车》

　　当下小说多有"戾气"，这与我们这个时代环境有关。作家不能改变这一切，但焦虑和忧患也是他们真实的心理状态。因此说"底层写作"只是反映了作家关注的书写对象也未必尽然。但小说终还是小说，"文学性"还是第一要义。如果是这样的话，那么指认南翔的短篇小说《绿皮车》是一篇"底层写作"小说、怀旧小说抑或是感伤小说都已不重要。重要的是《绿皮车》深深地打动了我们。

　　依然燠热的秋末的一天，茶炉工上了自己最后的一个班次，这趟列车是 M5511。茶炉工像往常一样忙碌，我们看不到他的异样，他照例烧水售货。车厢里有他熟悉的面孔：进城的菜农、读书的"毛伢子"、跑通勤的铁路职工，这些人占去了乘客的大半，有了这些人，就有了"绿皮车"的故事。这些人是不能再寻常的百姓，他们演绎的是我们久违的人间故事：读书的"毛伢子"们追打嬉闹，鱼贩子和菜嫂隐秘的私情，那个乞讨的"不图风光图松弛"的矮子等，让一列最慢的列车充满了人间情趣。但是，在这些表面欢快的景象背后，隐含的仍是人间的悲苦。鱼贩子与菜嫂因女儿的障碍，只能过着"地下工作者"式的情感生活；快乐的孩子里面，还有因大人分手而欠着学费的女孩。但是，面对这些困难或问题，人间的温婉弥漫在绿皮车里。茶炉工对鱼贩子和菜嫂的同情，菜嫂对来初潮女孩的照顾等，都让人感到，穷苦的生活并不可怕，那些关切的目光和互助的行为会让一切都成为过去。当大家知晓了女孩的身世和困难后：

> 菜嫂在背后帮她整理的时候，悄悄塞了一张五十元的钞票在书包一侧。
>
> 茶炉工觑得真切，心里迅速盘算着菜嫂一天的进项。人啊就是这样，有时候会斤斤计较得自己都不认识自己，有时候又会掏心窝子待人处事，全看是不是触动了心肺旮旯里的那一角柔软。
>
> 他过去抹一把茶几，也无声地贴了一张五十元的钞票在她书包里。

读到这里，我的眼睛湿润了，我很久没有读到这样温暖的文字和情节。菜嫂的艰辛和茶炉工售货的艰难，小说多有讲述。但此时此刻，金钱在他们那里，真的成了身外之物。这就是普通百姓的温婉，这温婉的力量无须豪言来作比方。还有那个茶炉工，这是他最后的一个班次，然后他就要离开"绿皮车"退休，他可以有更多的时间陪伴他病中的老婆了。茶炉工离开时的情形，让我想起了加缪《沉默的人》中的伊瓦尔。他们的忧伤不是写在脸上而是烙在心里。

还值得议论的是《绿皮车》的笔致。小说对语言的讲求和对氛围的营造，显示了南翔的文学和文字功力。当下小说粗糙的语言是粗糙的文学感受力的外部表达，对语言失去耐心于小说来说是非常危险的。《绿皮车》在这方面的警觉或自觉，让我们对小说语言重新建立起了信心，因此也看到了新的希望。

在新文明的崛起中寻找皈依之路

——评吴君的小说创作

都市文明的崛起是当下中国最重要的文化现象，也可以将其称为正在崛起的"新文明"。但是，这个"新文明"的全部复杂性，显然还没有被我们所认识。我们可以笼统地、暧昧地概括它的多面性，可以简单地做出承诺或批判。但是，这没有意义。任何一种新文明，都是一个不断建构和修正的过程，因此，它的不确定性是最主要的特征。这种不确定性和复杂性对生活其间的人们来说，带来了生存和心理的动荡，熟悉的生活被打破，一种"不安全感"传染病似的在弥漫；另外，不熟悉的生活也带来了新的机会，一种跃跃欲试、以求一逞的欲望也四处滋生。这种状况，深圳最有代表性。这当然也为深圳的小说家提供了机会和可能性。吴君，就是在这样的环境和背景下出现的小说家。

吴君的深圳叙事与我们常见的方式有所不同，或者非常不同。在不长的时间里，她先后创作了《我们不是一个人类》《城市小道上的农村女人》《海上世界》《福尔马林汤》《亲爱的深圳》《念奴娇》《陈俊生大道》《复方穿心莲》《菊花香》《幸福地图》《皇后大道》等长篇和中短篇小说。这些作品引起了读者和评论界的关注。说"好评如潮"可能有些夸张，但对一个出道不久的青年作家来说，能做到这一点绝非易事。读过吴君的作品后，我强烈地感到她是一个对深圳生活——这个"新文明"的生活有真切感受、也矛盾重重的作家。在一篇创作谈里吴君说：

　　　　十二岁之前我一直生活在农村……回到城市，仍
　　会经常梦见那里。即使现在，每每想家，满脑子仍是
　　东北农村那种景象，如安静的土地和满天的繁星，还
　　有他们想事、做事的方法。当然想不到，我会在深圳
　　这个大都市与农民相遇。他们有的徘徊在工厂的门口，
　　有的到了年根还守在路边等活，他们或者正值年少，
　　或者满头白发，或者再也找不到回家的路。那种愁苦
　　的表情有着惊人的相似。

　　吴君在农村的生活经历并不长，但一个人的"童年记忆"

对文学创作实在是太重要了，它甚至会决定一个作家一生的文学视角和情感方式。回到城市的吴君和移居到深圳的吴君，无论走到哪里，这个记忆对她来说都如影随形、挥之难去，这当然也是吴君从事小说创作最重要的参照。于是，我们在吴君的作品中看到最多的，是不同的移民群体、流散人群的生活写照。在北方他们被称为"盲流"，在深圳他们被称为"打工者"。无论是"盲流"还是"打工者"，他们大多数的原居生活已经破碎，就如当年的"闯关东""走西口"一样，除了个别"淘金者""青春梦幻者"之外，背井离乡是生活所迫，与罗曼蒂克没有关系。吴君笔下大多是这个阶层的人物。

值得注意的是，吴君这些作品中的人物、生活以及情感方式，与时下流行的"底层写作"既有联系又有区别。有关系的，是这些人物都来自底层并且仍然在底层，他们的生存方式、精神状况与其他底层人没有本质区别；不同的是，吴君在呈现、表达、塑造她的人物的时候，已经超越了左翼时期或"底层写作"初期的模型和经验，已经不再是苦难悲情痛不欲生，悲天悯人仰天长啸。在她的作品中，底层生活在现代性过程中出现的问题的全部复杂性，也日渐呈现出来。这种状态在吴君的中篇小说中表达尤为充分。《亲爱的深圳》是吴君的名篇，在这篇小说中，程小桂和李水库为了生存，既不能公开自己的夫妻关系，也不能有正当的夫妻生活。在现代性的过程中，在农民一步跨越到"现代"突如其来的转型中，吴君发现了这一转变的悖论或不可能性。李水库和程小桂夫妇所付出的巨大代价，是一个意味深长的隐喻。但在这个隐喻中，吴君发现了中国农民偶然遭遇或走向现代的艰难。李水库的隐忍和对欲望的想象，从一个方面传达了民族劣根性和农民文化及心理的顽固和强大。在《念奴娇》中，贫困的生活处境使姑嫂二人先后做了陪酒女，然后是妻离子散家庭破碎。这本是一个大众文学常见的故事框架，那些场景也是大众文学必备的元素。但这篇小说的与众不同，就在于吴君将这个故事处理为姑嫂之间的心理和行动较量：先是有大学文化的嫂子轻蔑小姑子的作为，但小姑子一家，包括父母、哥哥都是小姑子供养的，小姑子在不平之气的唆使下，将无所事事的嫂子也拉下了水。不习惯陪酒的嫂子几天之后便熟能生巧，一招一式从容不迫。它揭示的不仅是"底层"生活的状态，更揭示了底层人的思想状况——报复和仇怨。更值得注意的是嫂子杨亚梅的形象，这个貌似知识分子的人，堕落起来几乎无师自通，而且更加彻底。

《复方穿心莲》与我们常见的都市小说不同。嫁给深圳本地人是所有外来女性的梦想，因为这不仅意味着她们结束了居无定所的漂泊生活，有了稳定的日子，而且还意味着她们外来人身份的变化。但是，值得注意的是，女主人公方小红自嫁到婆家始，就没有过上一天开心的日子。婆家就像一个旧式家族，无论公婆、姑姐甚至保姆，对媳妇这个"外人"都充满仇怨甚至仇视。于是，在深圳的一角，方小红就这样过着暗无天日的生活。小说更有意味的是阿丹这个人物。这个同是外地人的三十岁女性有自己的生存手段，她是特殊职业从业者，与方小红婆家亦有特殊关系。你永远不知道她在想什么，她对人与事的态度也变幻莫测。你不能用好或坏来评价她，深圳这个独特的所在就这样塑造了这个多面人。这个人物的发现是吴君的一个贡献。但无论好与坏，方小红的处境与她有关。在小说的最后，当方小红祝贺她新婚并怀孕时，她将电话打过来说：

> 方小红，其实我也有个事情对不起你。如果不是我多嘴，他们不会知道你在邮局寄了钱回老家，包括那封信也是我说给他们的，也害得你受了不少苦。这两件事，一直压在心里，现在，说出来，我终于可以好受了。

在这里，吴君书写了"底层的陷落"。她们虽然同是外地人，同是女性，但每个人的全部复杂性并不是用"阶层""阶级"以及某个群体所能概括的。她们可能有某些共性，但又有着道德以及人性的差异。

《菊花香》中的主人公仍是一个外来的打工者，王菊花年近三十岁还是单身一人。这时王菊花的焦虑和苦痛主要集中在情感和婚姻上。工厂里不断涌入 80 后或 90 后的新打工妹，这些更年轻的面孔加剧了王菊花的危机或焦虑。这时的王菊花开始梦想有间属于自己的宿舍，有一个属于自己的独立的空间。王菊花不是城里的有女性意识的"主义者"，也不会读过伍尔夫。因此她要的"自己的房间"不是象征或隐喻，她是为了用以恋爱并最后解决自己的"终身大事"。为此她主动提出到公司的饭堂，只有一个女工的地方上班，这样她便可以有间单人房间了。尽管是曾经的仓库，但被王菊花粉刷一新后，仍然让她感到温馨满意。就是这样简单的空间，让一个身处异乡的女孩如此满足。读到这里我仿佛感到读《万卡》时的某种情感在心里流淌。

这个完全属于王菊花个人的空间，不断有人过来打扰或是利用，甚至女工的偶像——年轻老板也要利用这个简陋的地方进行特殊的体验。值得注意的是，人们只对房间感兴趣，而对单身女工王菊花视而不见。但王菊花对个人情感和婚姻有自己的看法。她最值得骄傲的是："我还是个黄花闺女呢。"她尽管"嘴上不说，可在心里她看不起那些随便就跟男人过夜的女工。

过了夜如果还没结果，有什么意思呢。她有自己的算盘。别的优势没有，却有个清白的身体。作为女人，这是最重要的东西。也就是说，她拥有的是无价之宝。有了这个，谈恋爱，结婚，什么程序都不少"。但是，可怜的王菊花就是找不到如意郎君，尽管老傅他们都说"谁也没你好"，可这又怎样呢？寂寞而无奈的王菊花就这样身不由己地与老王走进了房间：

> 不知过了多久，老王一张脸色变得惨白，酒也醒了，因为他见到了床单上那片细弱的血印。

面对王菊花曾经的处女之身，守更人老王居然表达了莫名的厌恶。这个时代到底发生了什么呢？《菊花香》已经超越了我们谈论许久的"底层写作"。她写的是底层，是普通人，但关注的视角发生了根本性的变化。过去这一题材大多注重生存困境，而难以走进这一群体的精神世界。《菊花香》对女工情感世界的关注，使这一作品在文学品格上焕然一新。

多年来，吴君一直关注普通人的日常生活，并在普通人的寻常日子里发现世道人心，或者说在日常生活中，是什么样的价值观支配着这个时代，支配了普通人的行为方式和情感方式。《幸福地图》中，水田村阿吉的父亲在外打工工伤亡故，为了一笔赔偿金，王家老少鸡飞狗跳，从阿公到三弟兄、三妯娌明争暗斗、飞短流长。小说的叙事从一个一直被忽略的留守儿童阿吉的视角展开，这个不被关注的孩子所看到的世间冷暖，是如此丑恶，伯伯、伯母们猥琐的生活和交往情景不堪入目。县长、村长和村民，一起构成了王家生活情景的整体背景：

> 是啊，村里人不知多羡慕王屋呢。这回看明白了，工伤还是没有死人合算，没拖累，几十万。还了债，盖房子，讨老婆，供孩子上学全齐了。

另个说：

> 也不是全都这样，是王屋人有头脑，大事情不乱阵脚。假使有一个不配合都骗不来这么多赔偿费，也不会这样圆满啊，现在王屋每个人都有份儿，那女人也无话可说，还把名声洗干净了。换了别人家你试试，除了犯傻，啥事也搞不清。

这些对话将"时代病"表达得不能再充分了，这就是水田村人的日常生活、内心向往和精神归属。那个憎恨"俗气"的阿叔曾是阿吉的全部寄托所在，她甚至爱上了自己的阿叔。但就是这个"憎恨"俗气的阿叔，同样是为了钱，变成了阿吉的新爸爸。当新婚的母亲和阿叔回到水田村并给她买回了"一件粉红色的小风衣"，另只袖子还没等穿上的"阿吉便流了泪，下雨般，止不住"。吴君愤懑地抨击了当下的价值观，"拜金教"无处不在深入人心，难道这就是这个时代"幸福的地图"吗？不屑的恰恰是一个冷眼旁观的孩子，世道的险恶只有她一目了然。那个自命不凡的阿叔的虚假面纱，在阿吉的泪水中现出了原形。

　　在这些作品中，吴君不是以想象的方式书写"底层"生活，在她看来，底层人也有自己的快乐，思想空间、处理日常生活的智慧、观照问题的方式方法等。这些情景是想象不出来的，特别是那些具体的生活细节，没有切身的体悟或经验，是无法编织的。这些作品所关注的人群和具体场景，表达了吴君以文学的方式观照世界的起点。无可否认，吴君接续了现代文学史上"左翼"的文学传统，但她发展了这个传统。她的"底层"不仅是书写的对象，同时也是批判的对象。在"左翼"文学那里，站在民众的立场上甚至比表达他们更重要，但在吴君这里不是这样。"底层"所传达和延续的民族劣根性、狭隘性、功利性和对欲望的想象等，是普遍人性的一部分，不因为他们身处"底层"就先天地获得了免疫力，也不因为他们处在"底层"就有了不被批判的豁免权。在这个意义上，吴君的创作就是我所说的"新人民性"的文学。吴君曾自述说：

> 一个写作者避开这一切去建立自己的文学空中楼阁，显然是需要勇气的。他要有对生活熟视无睹的勇气，对生活掩耳盗铃的勇气。这样讲，并不是说我喜欢完全的写实，喜欢对生活照搬，对自己以往的写作完全否定。
>
> 只能说，我走到这里了，我再也不能回避——用我的一孔之见来诠释生活，用我的偏执或者分解重整眼前的生活图形，是我此时此刻的想法。

吴君的这些说法好像是信誓旦旦，但是，在她的具体作品中，那些进入新文明的人，其皈依的道路几乎没有尽头。进入了都市，他们仿佛都有一脚踏空的感觉，在云里雾里不知所终。吴君的身份应该说不在这个群体之中，但她的目光、她关注的事物一刻也没有离开过这个群体。不是说吴君对底层兴致盎然居高临下，而是说，在都市新文明崛起的过程中，吴君显然也遇到了内心真实的困惑和矛盾，她同样需要寻找心灵的皈依之地。与其说吴君从外部描摹了在新文明中寻找生存和心灵皈依的人群，毋宁说那也是她内心惶惑的真实写照，而我们何尝不是如此呢！这也正是吴君小说打动我们的要害所在。

吴君的故乡曾经产生过萧红这样伟大的作家。萧红后来也离开了那里，但在她的《生死场》《呼兰河传》等作品中，故乡原生的场景一刻也没有离她远去。那也是萧红寻找心灵皈依的一种方式。于是才有了鲁迅所说的"北方人民对于生的坚强，对于死的挣扎却往往已经力透纸背；女性作品的细致的观察和越轨的笔致，又增加了不少明丽和新鲜"。吴君是萧红的同乡，在她的作品中，我似乎也总能隐约读到萧红曾经书写过的情感和人物，我也相信她的创作具有广阔的前景。

出走与还乡的隐喻

——评吴君的长篇小说《万福》

万福是一个地名，具体地说是一个村名。将它作为小说的书名，是如此的吉祥如意，那里隐含的本土祈愿和祝福的情感愿望一目了然。然而，这个祈愿和祝福与事实上一言难尽的艰辛南辕北辙。万福是通往香港屯门的起点，从万福到屯门只有一步之遥，跨过深圳河就是香港屯门。但是，从屯门再回到万福，仅这一步之遥却远胜万水千山。小说的空间是万福——屯门两地，时间跨度四十年，其间人物就在这样的时空中演绎了他们的人生经历和命运。应该说，为了写这部小说，吴君显然做了充分的积累和准备，这从她已经发表过的小说，比如《皇后大道》《生于东门》等作品中可以得到证实。这两篇小说都与香港有千丝万缕的关系，也与深圳的命运构成了某种隐喻关系。需要指出的是，吴君到深圳生活工作之后，她的目光一刻也没有离开深圳，她深情地关注着这座城市的变化，真切地体会着深圳人四十年的心理和精神面貌的变化。作为一个作家，仅此一点就足以让人钦佩不已。

吴君成名于《亲爱的深圳》。那时的吴君关注的是外来打工者的生活和命运。通过李水库夫妇经历的困苦和坚韧，她在深圳发现了中国的现代性。这就是铤而走险到深圳于李水库夫妇而言，他们踏上的是一条不归路——乡村中国的农耕文明，迟早要被现代生活所替代，全新的生活尽管正在遭遇前所未有的困难，但它的前景是如此的不可阻挡。四十年后的李水库夫妇，显然已经看到并正在享受着深圳的生活。后来，吴君开始关注深圳本土普通人的生活，应该说这是一个巨大的挑战。对深圳来说，只有写出深圳原住居民情感和精神的变化，才能够更深刻、更本质地反映出深圳的变化。要捕捉到这一情感和精神的变化，实在不是一件容易的事情。后来，我们在《皇后大道》和《生于东门》等作品中，看到了吴君的这一努力。《皇后大道》写了水英母亲对阿慧嫁到香港的羡慕，然后写水英亲眼见到的阿慧的生活，从一个方面颠覆了对资本主义一厢情愿的想象。《生于东门》写作为父亲的陈雄非常有优越感，但他也只是一个拉客仔，阿妈甚至孩子都看不起他。儿子陈小根在学校受尽了欺辱，回到家里再受父亲陈雄的奚落。陈雄的所有遭遇都与他的身份相关。要改变这一切，必须改变身份。自己的身份已无从改变，那么只有改变儿子陈小根的身份。改变的唯一途径，就是过继给儿子早夭的香港商人。通过《皇后大道》和《生于东门》，我们发现，在那个时代，深圳和香港之间存在落差，香港是深圳仰望的天堂，也是深圳人改变身份和命运的一种方式和途径。阿慧要嫁到香港，陈小根要过继给香港商人。至于阿慧切实的婚后生活怎样、陈小根过继后的命运怎样，无人知晓。大家宁愿相信香港会改变他们的一切，他们此去便是天堂。这是当年的深圳人对香港的想象。

在深圳建市四十年前后，吴君出版了长篇小说《万福》。这是一部地道写深圳本土生活的小说，是深圳本土原住居民的生活变迁史和精神变迁史，是潘、陈两家四十年的家族秘史，是用文学方式演绎的深圳从前现代向现代坚定迈进的社会发展史。小说用血浓于水的方式，讲述了深港两地血肉相连不能割舍的骨肉亲情。这是一部有极大难度和挑战性的小说，吴君用她的方式成功地完成了。小说讲述的是深圳万福村潘、陈两家三代人四十年的故事，是关于出走与回归的故事，在人物命运跌宕起伏、大开大合中反映出了不同历史时段深圳和香港的关系及其变化。故事缘起阶段，隔河相望的香港仍然是对岸的神往之地。母亲潘寿娥对阿惠说过最多的话是："你只有嫁到香港，我们家才能抬起头，才会不受欺负。"她认为只有让女儿嫁过去，她才算报了被亲人和恋人抛弃的仇。不只年轻的女性嫁到香港才有面子，原住居民都有前往香港以求一逞的深切愿望。于是，"到香港去"几乎成了万福人没有喊出的口号或具有支配性的生活"意识形态"。于是，潘家三代人毅然离深去了香港。事实上，天下任何一个地方都不是为某个人准备的。潘寿良、潘寿成、阿珠等，初到香港为了生存找工作惨不忍睹的状况，应该是他们当初难以想象的。但是，风气一旦形成就无可阻挡。"这一年，村里走掉了二百多人，上半年七十多人，下半年一百三十多人。"尽管如此，故土难离仍然是万福人不变的观念和传统。去留两难是当时的处境和心境，叶落归根则是不变的文化信念。潘寿良后来和陈年说："当年，我们这些讨生活的人都有一个共同的名字，叫阿灿，我们是阿灿啊！现在看着国家强大了，深圳也富起来了，没人再这样称呼了。"潘寿良的这番话，从一个方面表达了万福人去留的根本原因，物质生活是一个重要方面，但人的尊严更重要。或者说，优裕的物质生活是人的尊严的一部分。万福人走，是因为贫困以及贫困带来的尊严尽失；万福人回归，是因为贫困一去不返，生存的尊严失而复得。因此，《万福》是一部与深圳四十年历史变迁息息相关的小说，也是一曲深圳改革开放四十年的颂歌。

深港两地的去留也许在一念间。但是，身体的空间挪移牵动的各种隐秘或不隐秘的关系，如波浪般逐渐展开。潘、陈两家的爱恨情仇以及姐妹间反目成仇的过程，在一河之隔的两地渐次上演。潘寿良、阿珠、陈炳根三人是高中同学，阿珠、陈炳根是恋人，在去香港的船上，为了掩护全船人员，村干部陈炳根下了船也受了重伤并有了残疾，被抓去劳改，回来后因为得知阿珠已经在香港结婚生子，一气之下与阿珍结了婚并生下陈水英。去了香港的潘寿良为了阿珠肚子里的孩子不受歧视，也为了阿珠不受工头的欺负而假结婚。潘寿良一直深爱着阿珠却不敢表达，当阿珠怀了陈炳根的孩子，准备生产之际，为了孩子不受歧视，他只能假扮父亲。得知陈炳根已经重新开始生活，无奈的潘寿良和阿珠只好在一起生活，并生下女儿阿如。华哥是阿惠母亲潘寿娥的恋人，也是小姨潘寿仪暗恋的对象。似乎天遂人愿，潘寿仪终于可以与华哥在一起，可是却需要还债。被母亲逼迫，她不仅要帮着哥哥带孩子，还不能结婚，只能与华哥保持不清不楚的关系。因为等不到潘寿仪，又要延续子嗣，华哥只好另娶了香港女人。还在万福的潘寿娥对华哥和妹妹恨之入骨，一气之下与外面的人相好并生下阿惠。阿惠作为小说的穿线人，她当初被母亲用弟弟相亲、哥哥娶亲的方法送过罗湖桥嫁到了香港，成了一个病人的老婆，为了满足母亲的虚荣心，也为了心中的马智贤，阿惠选择了留在香港，并用双手撑起了全家人的生活。改革开放后，家中老大潘寿良多次梦想带着弟弟妹妹回到万福均没有成功。只有阿珠因为误会阿惠和潘寿良的关系，而带着潘田和阿如赌气回到了万福。而阿珠结婚的消息被家中次子、惯于惹是生非的潘寿成传回了万福，试图让陈炳根死心，也导致了陈炳根对潘寿良和阿珠心生怨恨。潘寿成后来与一个来港做工的女人相好，女人跑掉后，留下两个孩子，由二妹潘寿仪帮忙抚养成人。潘田因特殊身世备受歧视，导致性格叛逆，直到四十岁也不想结婚。他痛恨经常来到家里照顾他们的陈炳根，作为陈炳根的亲儿子这个秘密，被潘寿良一直保守到最后，为后面潘寿良和陈炳根的和解埋下了重要伏笔。而抢走了姐姐未婚夫的潘寿仪被潘寿娥当众羞辱而无力解释，后来与一个外地来写生的男子远走他乡……

应该说，这些小人物写得真实而生动、丝丝入扣，顺应着小人物的情理、命运，尤其刻画了潘寿良这个老大的形象。作为家中老大的潘寿良，他的口头语是，可以可以，仿佛他能扛下生活中所有的难。他被母亲、兄弟姐妹、恋人、孩子、朋友几乎所有的人怨恨，可是他都选择默默地忍下、吞下，不作解释，这是一个中国家庭里典型的老大形象。

《万福》的背景是深港两地的归去来，从出走到还乡，看似家国的宏大叙事，但撑起小说基本框架的，还是这些人物的血肉之躯和情感关系。作为一个隐喻，《万福》是深圳乃至国家和人心四十年变化的隐喻。小说最后是大团圆的结局，潘、陈的"和解"，是"万事兴""和为贵"的具体演绎，是人心向善的理想表达，当然，也是小说最后向所有人道的一声"万福"。

如果说小说有什么不足的话，我觉得小说语言略嫌平淡，特别是人物之间语言的差异性、辨识度不高，这是一个大问题。我觉得吴君短篇小说语言很有感觉，长篇要差一些；其次，对过于切近的生活，提炼得不够。人物和故事都太"实"了，这是当下小说普遍存在的问题。如果能够再空灵些或有飞翔感，小说的面貌可能会大不相同。

修辞的力量　诚实的力量

——评盛可以的长篇小说《北妹》《道德颂》

　　盛可以是70年代出生的作家，她带着她特有的经验、方式和想象闯入文坛，并以《水乳》《火宅》等作品声名鹊起。70年代的作家写作多关注都市生活场景和"身体战斗"，那些不断重复和似曾相识的场景、战斗既为这个年代出生的作家带来了异军突起的声誉，同时也引起了批评界和读者毁誉参半的议论或批评。值得注意的是，盛可以的创作并没有在这样的视野和范畴内展开。《水乳》和《火宅》所表现出的悲剧意识和人生深重的苦难感，使她不大像她这个年代出生的作家，而更像是一个思想上曾经沧桑的作家。比如《水乳》中对左依娜内心隐痛的挖掘和书写，比如《火宅》中对球球母女相似的悲惨命运的描绘，都显示了盛可以对现实生活，尤其是对底层普通人生存状况和精神状况的深切关怀，对文学传统的尊重和可能的继承。

当然，任何一个作家的写作都不可能不和人的身体发生关系，都不可能离开对人的身体的描绘和想象。但盛可以不是以对人的"身体趣味"，特别是对男女性事的夸张性书写被我们关注和认识的，而是被她对人的生存困境尤其是心灵苦难的独特认识所吸引。在她新近出版的长篇小说《北妹》中，仍然承继了她对底层人生存状况的持久关注。《北妹》和《水乳》的人物焦虑，都和身体有关，不同的是《水乳》中的左依娜是因为胸部的平坦、因为缺乏女性的性别特征而焦虑，她的焦虑是来自作为一个女人的不自信。或者说，是来自男性建构起的欲望表征的稀缺而焦虑，她成了一个被"阉割"的女人。但左依娜的悲剧并不彻底，她是在一种自我想象中编织的悲剧，她最后和丈夫平头前进依然生活在一起，她的脆弱表明了盛可以与流行的鹦鹉学舌式的"女权主义"毫无相似之处。《北妹》中的钱小红与《水乳》中左依娜恰好相反：钱小红有一双奇异丰满的乳房。这一性别特征为钱小红带来了来自外部的焦虑和麻烦，她所到之处，几乎所有的异性目光都集中在她的这一部位。这个突出的特征既为她不断变换打工场所提供了保证和条件，同时也为她预设了无尽的冒险之旅，她凸显的躯体恰恰是自己无底的陷阱。这个出身底层的女孩与其说是与外部的占有者斗争，毋宁说她一直在进行着自我的战斗，她在各种诱惑中始终没有出卖过自己，从而使这部与当下生活有密切关联的小说，在某种意义上保有了"乡村"精神的纯洁性。

《北妹》是个与欲望战斗的故事，一方面她要抵御来自男性的侵占，一方面她要抵制来自自身的要求和诱惑。这个过程是盛可以以想象的方式处理了乡村迈向现代的艰难。事实上，当乡村一开始遭遇都市现代性的时候，乡村乌托邦在顷刻间就坍塌了。那个我们想象的质朴、清纯、宁静的乡村世外桃源，迅速地走向了滚滚红尘。因此，钱小红从乡村走向都市，虽然历尽艰辛，但仍然没有被都市欲望所吞噬，仍然显示着来自大地蓬勃的生命活力，她是盛可以的理想。钱小红没有引路人，她是在自己没有方位、没有目标，与各色人等交往、熟悉的过程中了解城市、了解自己的。因此，这部表面上用真实的细节和场景处理的和现实主义有血缘关系的作品，在本质上是一部浪漫主义的成长小说。在都市欲望和乡村被欲望驱使的写作大面积出现的时候，《北妹》以卓尔不群和反时尚的品格书写了另外一种人物和理想，这是盛可以的贡献，也是她对当下小说写作理解的独到之处。

盛可以的小说一出现，就显示了她不同凡响的语言姿态，她的语言的锋芒和奇崛，如列兵临阵刀戈毕现。她的长篇小说如《火宅》《北妹》《水乳》以及短篇小说《手术》等，都不是触目惊心的故事，也没有跌宕起伏刻意设置的情节或悬念。可以说，盛可以小说最大的魅力就在于她锐利如刀削般的语言。在她那里，怎么写远远大于写什么。《道德颂》也是这样一部长篇小说。如果我们简单概括这部作品的话，也可以说，这是一个始乱终弃的故事，是一个女人和三个男人的故事，是这个时代文学表达最常见的婚外恋的故事。事实也的确如此。但是，需要指出的是，越是常见的事物就越难以表达，在常见的事物中发现别人没有发现的，就是作家的过人之处。而盛可以恰恰在别人无数遍书写过的地方或者止步的地方开始，让这个有古老原型的故事重新绽放出新的文学光彩。这是因为，《道德颂》将男人与女人的身体故事，送进了精神领域，旨邑与水荆秋所经历的更是一个精神事件。

小说的命名就极具挑战的意味：一个婚外恋的故事与道德相连，混沌而迷蒙。我们不知道在道德的意义上如何判断旨邑与水荆秋，可以肯定的是，盛可以尖锐诚实地讲述了当下社会生活中常见的精神现象，这个诚实就是道德的。仿佛一切都平淡无奇："一个普通的高原之夜，因为后来的故事，变得尖锐。"水荆秋，一个四十出头的男人，在近三十岁的旨邑眼中是"比德于玉，而且是和田玉，是玉之精英。……水荆秋并不英俊，然而这块北方的玉，其声沉重，其性温润，'佩带它益人性灵'，她以为他的思想影响将深入，并延续到她的整个生命"。小说开篇的路数与其他言情故事区别不大，但修辞老辣，一个"她以为"预示了故事不再简单。小说的基本情节也波澜不惊：旨邑和水荆秋一见钟情，约会，怀孕，堕胎，同水荆秋的太太战斗，与谢不周、秦半两暧昧周旋取舍不定等。但在这些常见的生活故事里，盛可以锐利地感知了情感困境更是一种精神困境。特别是历史学教授水荆秋，他可以风光地四处讲授他的历史学，但他唯独不能处理的恰恰是他自己面对的"历史"："在水荆秋看来，日常生活与精神生活是敌对的，甚至前者瓦解后者，他做梦都想逃离日常生活，最终只是越陷越深。"历史学教授的方寸确实乱了。精神生活不可能与日常生活无关，没有从日常生活中剥离出的纯粹的"精神生活"等待教授去享受，这个学问甚大的教授面临不可解的现实难题时，竟然试图以"形上"的方式寻找借口逃避，可见水荆秋的无力和无助。说水荆秋虚伪、自私、懦弱都成立，但却不能解释他止步、逃避、矛盾的全部复杂性。因为那不是水荆秋一个人面临的问题。水荆秋是情感事件的当事人，他不能处理他面对的事务，所以作为小说"人物"他就显得有些苍白。谢不周没有置身其间，他没有被规定"轨迹"，所以谢不周作为"人物"就从容丰满些。

旨邑其实是一个有些理想化的人物。她多情美丽、胆大妄为、敢于爱恨，但紧要处又心慈手软不下猛药。作为一个事件中没有主体地位的女性，她的结局是不难预料的。但她的困境也许不仅在与水荆秋的关系中，同时也在她与谢不周和秦半两的关系中。这些男人，就像她开的玉饰店一样，虽然命名为"德玉阁"，但却都是赝品。倒是那个被称为"阿喀琉斯"的小狗，忠诚地跟在旨邑的身边。因此，包括旨邑在内的小说中的所有人物，很难以道德的尺度评价，即便是作为基本线索的情感关系，也多具隐喻性。人类的精神矛盾和困境没有终点，欲望之水永远高于理性的堤坝，这就是精神困境永无出头之日的最大原因。

如前所述，《道德颂》的值得关注，不只在于小说提出或处理问题的难度，也不只在于小说对人物内心把握的准确，更值得谈论的是小说的语言修辞。无论是人与事，《道德颂》的语言都是拔地而起，所到之处入木三分。盛可以曾在一篇文章中说："我的小说中有许多比喻。运用精确形象的比喻，也能使语言站起来。余华的比喻是精辟的，如说路上的月光像撒满了盐。博尔赫斯说死，就像一滴水消失在水中。普鲁斯特在《追忆逝水年华》里写'感到思念奥黛特的思绪跟一头爱畜一样已经跳上车来，蜷伏在他膝上，将伴着他入席而不被同餐的客人发觉。他抚摸它，在它身上焐暖双手……'这只有'神经质的、敏感到病态程度'的普鲁斯特才写得出来。茨威格华丽而充满激情的语言及精彩的比喻让人折服。用形象的隐喻使人想象陌生事物或某种感情，甚至用味觉、嗅觉、触觉等真实的基本感觉来唤起对事物的另一种想象，既有强烈的智力快感，也有独特新奇的审美愉悦。"[1]这是盛可以的小说修辞学，她以自己的神来之笔实现了自己的期许。她那"站起来"的语言，就这样或山峰或美女般地在眼前威武伫立闪动舞蹈。

注：

（1）盛可以：《让语言站起来》，载《姑苏晚报》2003 年 3 月 5 日。

幻灭处的惨伤与悲悯
——评蔡东的小说

　　蔡东是 80 后作家，同时也是"传统"作家。蔡东生于 80 年代，但她和那些通过网络迅速蹿红并所向披靡的作家判然有别。蔡东是一位仍然坚持"传统"写作的 80 后作家。这一选择自有蔡东的教育背景和精神依据。在不到十年间或中断的创作中，蔡东作品的数量非常有限。但是，就在这数量不多的小说创作中，蔡东体现出了最年轻一代作家新的风貌和特点。我们都了解，当白话文学发展到今天，要想在这个领域脱颖而出是何等艰难，更何况当下的文化语境更意属"快感文化"而并不举荐真正的作家。但是，蔡东的小说像一缕文学的炊烟在清晨的田野袅袅升起弥漫四方，然后幻化在大地与天空之间。她写的是人间烟火，是人间无尽的矛盾、忧伤、艰难、跋涉、隐忍、委屈以及无奈；她对女性命运和生活处境有新的理解和书写；她发现了这个时代仍有"多余人"的存在。她的小说是在别人结束的地方重新开始，她的慧眼发现了诸多的"不可能"。更重要的是，她以悲悯的情怀发现了幻灭处的惨伤，并将这惨伤在险象环生中书写得"灿烂逼人"。这当然得益于她的文学素养、得益于她对古今中外小说的学习和吸纳，她注意讲述者和小说节奏、张弛的关系。这就是蔡东的小说。

一、悲情女性的幻灭与重生

百年来，中国特殊的历史语境决定了文学的悲情多于欢乐，特别是女性形象。因此，像《祝福》中的祥林嫂、《明天》中的单四嫂、《二月》中的文嫂等女性形象，集中地表达了那个时代女性的生存景况和精神地位。她们逆来顺受，无助无奈，悲惨的一生只为注释一生的悲剧。她们已经成为那个时代的文学经典。蔡东小说中多有类似这些人物的形象。比如《往生》中的康莲，《断指》中的余建英，《无岸》中的柳萍等。这些人物是在现代经典作品结束的地方出发，是用一种极端化的方式写出了生活的"不可能性"。这些人物一出现几乎就陷入绝境：《往生》的开篇便是"老头的躯体，康莲越来越熟悉了，此刻已不再慌乱，也没有了羞耻。她低下头，尿臊味喷了她一头脸，热乎乎的。裤裆晾开了，老头惬意地扭动身体，她唬起脸喊着别动，刺啦一声把纸尿裤扯下来。这会儿，不愿看也看得很清楚，老头胯下褐色的一嘟噜，软塌塌地垂落着"。这个瘫痪的老头是康莲的公公，伺候老头的康莲是儿媳。在传统观念中，公公与儿媳的接触是最为忌讳的。将公爹命名为"公公"，从一个方面隐喻了公爹与儿媳的关系。但是，已经六十多岁的康莲必须用这种方式与八十多岁的公爹接触。康莲一出场就陷于万劫不复的"幻灭"或绝望中。她不仅要被痴呆的公爹一会儿喊"娘"一会儿喊"姐"，一日三餐外出遛弯儿，而且还要亲自动手抠出老头肛门里石头般的粪球。老头摔了一跤大胯粉碎性骨折后，康莲的日子雪上加霜。疲惫不堪的康莲被信徒们发现并劝诱其"信主"或"信佛"，康莲谢绝了信徒们的好意，却也意外地与"一个特别的词语"不期而遇，并"深深打动了她。那个词叫'往生'，死亡的另一种说法，却穿透深重的黑暗，击破内心的绝望，用缤纷美妙替代陌生可怖，是动感的、充满希望、无比美好的起点，令康莲灵魂出窍，神往不已"。于是，"往生"这个词便成了康莲与公爹关系的文化信念。然而康莲却先于公爹撒手人寰。小说中的康莲处在极端悲苦的境地，但在幻灭中康莲实现了文学人物的重生。康莲的善良和坚忍是在幻灭中实现的。康莲是普通人，她也有疲惫、厌倦、不得已的计较。但"往生"的信念平复了康莲的巨大焦虑，她惨伤的生活就此放射出了博大和人性的异彩。

《断指》中的余建英"是循着血迹"出场的：自家办的"鸿运"颗粒厂出了大事：余建英亲姑舅姊妹秀俊的孩子——小芬的右手在填料时，不慎轧断了四根手指。而且一根完整的手指也没有找到，骨头渣子和肉末都掺到废料里了。小芬的事故引起的后果不难想象。但是，更重要的是小说讲述的余建英的悲苦命运：内退后的余建英发现了丈夫的婚外情，并且因"风流有价"亏欠了单位二十余万。余建英凑齐丈夫欠款免了牢狱之灾。为了还清债款办了颗粒厂却祸不单行。于是，余建英步入了不见天日的悲情之旅：她要顾及厂里的生产、要照顾断指的外甥女。更糟糕的是在痛失母亲后，亲姑舅姊妹秀俊将自己告上了法庭。法庭有自己的规则，倾向小芬也在情理之中。但关键时刻，合伙人二妹建珍为了撇清自己把余建英推上了前台，秀俊开口要求赔偿三十万。最后，经过法庭判决折合，余建英赔偿两万余元结束了这场官司。

小说情节复杂多变，多有出人意料之处，但更可圈可点的是蔡东对余建英性格的刻画。余建英是一个老大学毕业生，但又是一个心地慈善的女性："这些日子，余建英晚上总失眠，睡着了也容易惊醒，有一次，居然是哭醒的。醒来时，高力强正在身边抓耳挠腮呢，看样子是想推醒她又不敢。一看她醒了，他慌乱地搂住她的肩膀。余建英胸口一暖，把下巴抵在丈夫的后背上，笑了。跟许多健忘的女人一样，余建英也忘了，忘了他寻欢作乐时的嘴脸，忘了他其实是一切厄运的祸根。她总在心底为丈夫辩解，他有时把握不住自己，但心地确实不坏，他不能吃苦受累，但场面上的事应付自如绝非窝囊男人，他现在体态略微发福，但年轻时也器宇轩昂过。高力强出去鬼混的事，余建英始终瞒着儿子高树。女人这辈子的福气，一半修男人，一半修孩子，高树就是余建英的福气。小伙子长得人如其名，挺拔英气，身板直直的，面目的线条刚毅而倔强，这样的男孩会让女人想起自己的初恋。家里四处借债时，她一边宽慰儿子，家里能供得起你上学，一边为丈夫遮掩，你爸投资生意失败了，你爸不容易，要多体谅他。"无助无望的余建英此时想着的还是这个既无用又惹是生非的丈夫。

更值得注意的是：

还清赔偿后，余建英总被一个问题纠缠着：假如秀俊一家不告，让她完全凭良心，她还会不会掏出这些钱来？

未必。至少没有绝对的把握。

本来，她心里有些恨秀俊，恨她绝情，说告就告了。现在看来，秀俊母女与其赌她有良心，还不如自己挣扎几下。余建英忧郁地承认，别说她赔给小芬的钱不多，哪怕她给小芬搬来一座金山，也换不来小芬完满的一生。她的耳边总响起一个声音，分明是她自己的声音：余建英，你罪孽深重，这辈子都不清白了！

一个悲情的妻子、一个敢于自我考问的悲苦的知识分子形象就这样矗立在我们面前。

《无岸》讲述的也是生活中的寻常事："四十五岁这年的一个晚上，柳萍宣告自己的人生失败。茶几上放着一张入学通知书，来自全美排名第五十三位的普渡大学，通知书带来的幸福很快幻灭，与之相伴而来的，是五万美元的学费。"除此之外还有四年两百万的花销以及"攒了半辈子的钱，忽然全没了。人生不但归零，居然还出现了负数"的恐惧与空虚。人生到了这般境地的柳萍，"掩饰住慌乱，没叫苦，也没发脾气"。尽管气概不凡，但现实需要的是解决的办法。于是柳萍同样开始了她漫长的苦难历程。她要申请周转房，理由是卖掉房子供女儿留学。但现实哪里是为柳萍准备的，她不仅尝尽了自取其辱甚至"受辱训练"的滋味，而且一事无成。蔡东写尽了一个知识分子无处诉说的苦楚，生活竟是如此的脆弱，没有尽头的悲凉感一如万劫不复的深渊——这就是无岸。

三位不同的女性，她们面对的是不同的生活场景，但相同的是让她们身心俱疲的生存和精神处境：困境面前各怀心事的家人、利益面前分崩离析的亲戚以及不断恶化的社会环境和世道人心。女性的担当和悲苦是蔡东讲述的基本故事，她们真正的苦难是"不能说，没法说"。蔡东的这一发现，使她有能力走进这些人物的内心深处，并感同身受地怀有巨大的同情和悲悯。如果没有这一情怀的照耀，这些悲苦的女性形象也就沦为前期"底层写作"的苦难叙事。有了这样的情怀，才有了她们幻灭后的重生和人物形象的光彩照人。

二、"多余人"的再发现

"多余人"的人物形象，是世界文学普遍关注的现象，法国的"局外人"、英国的"漂泊者"、俄国的"床上的废物"、日本的"逃遁者"、现代中国的"零余者"、美国的"遁世少年"等。这些人物生不逢时，他们不被主流社会认同。他们不同于古代中国的魏晋风骨晚明世风，主动或自觉地边缘化。他们姿态各异，相同的是一事无成百无一用。蔡东称这些人为"失意的中年男人"。

《净尘山》中的张亭轩，一听名字就儒雅有古风。他还没有出场，太太劳玉回忆当年说：

教曲儿的时候，你爸穿松身的白色麻纱上衣，前襟绣着细细的银色竹叶，裤子是拷绸，烟灰色，那颜色真显干净。你爸站起来，像一缕轻雾升起，坐下去，是慢慢卷起的一幅水墨画。他端坐在讲台上，一把素折扇，一枚鹿角扳指，一板三眼地拍曲儿。

你爸最喜欢《孽海记》的《思凡》一折，他倒吸一口气，小尼姑年方二八，寂寞有多长，"二"字拖得就有多长，声音化成了水流出来，一滴连着一滴，叫人听得心里直哆嗦，不敢打断，也不忍打断。末了一个滑腔，这音马上要断的时候，又放一点精华出来。独角戏难唱，上来就要把观众勾住了，吸紧了。

但张亭轩显然是一个背时的人物。他只会坐而论道，喝茶、唱戏，讲究生活品位，做派雅致。母亲虽然表面如此欣赏丈夫张亭轩，但在接待女婿潘舒墨时终还是露了真情。当女儿倩女毫不掩饰地夸耀"舒墨很有才情，兴趣又广泛，全身都是文艺细胞。他连手指都那么漂亮，会吹笛子，会画山水，对了，还会变魔术。他聪明着呢，下棋一下就是一天，连饭都不吃"时，母亲讥诮地说："呵，这一身的本领，能出名吗，能变现吗？"

她又板着脸问："除了会吹笛子，会变魔术，你会做家务吗？"张亭轩虽然斥责妻子"荒腔走板，太失礼了"，但当然明白这是"准女婿""代自己受过"。这时的张亭轩是彻底失败了——他不仅被社会所拒绝，同时也被相濡以沫大半生的夫人看得一文不值。

《无岸》中的童家羽，四十岁时开始练瑜伽，他的处事哲学是四字真言："无欲则刚。"但是，当柳萍要卖房子供女儿读书，向学校申请周转房时，他荒唐地想出让柳萍接受他"温馨而励志的家庭游戏"，进而提升为"情商口才培训课"的招数。他极端可笑地正襟危坐："既是演员，也是导演，不住地提点：委婉，平和，女性美，软和话，别敏感，和风拂面，如沐春风，面带微笑，柔化处理，仔细揣摩，小心应对，听之任之，唾面自干……"但是，面对难以应对的社会，童家羽的"无欲则刚"显然是虚饰的。那是一个修辞构成的不堪一击的虚拟的避难所。他真实的想法是："我希望自己在精子阶段就被淘汰，我希望游向卵子的那个不是我，我要是没被生下来该有多好。"一个男人到了如此境地，其内心的悲凉可想而知。

《木兰辞》中的陈江流，是职专教绘画的教师，也是个"在家修行的居士"。无意间结识了"月下草庐"茶社主人邵琴。这是一个做派优雅气定神闲犹如"杜诗颜字，正统，耐读，格律严谨，稳重端方"的女人。只一次吃蟹的聚会，就彻底征服了陈江流早已枯萎的心。与自己那为了职称和俗世功名的妻子李燕比较起来高下立判。但是他不知道这个邵琴只是一个包装出来的民办学校招生办的人，也是一个精于经营的茶叶商人。陈江流是以想象的方式与邵琴交往并获得某种满足的。他对世俗生活和功名利禄的厌倦，使他在精神上找到了一个可以临时寄托的驿站。当妻子李燕再也没有能力鼓动陈江流"奋进"的时候，她发现"陈江流的奋斗之火彻底熄灭。他早已不喜欢认识陌生人、拓展新关系了，如今更是躲着人躲着事，对什么都提不起兴趣来，早晨起来脸也不洗，直接就坐在电脑前。李燕细细一琢磨，心也冷了。这世界一个萝卜一个坑，可往哪里堆放他呢"？结果还是在俗世生活的妻子李燕找到邵琴，使陈江流这个"名士"摆脱了失业危机。

张亭轩、童家羽、陈江流作为这个时代的"多余人"，是他们的价值观使然。一个人是否能够进入社会，重要的是要获得"通行证"。这个"通行证"就是对主流价值观的认同。能够在多大程度上进入社会，取决于一个人在多大程度上认同主流价值观。这就是"承认的政治"。这三个人的"失意"或不被认同，重要的原因是他们首先拒绝了主流社会的价值观。但是，这里更重要的是讲述者的姿态。在小说的叙述中，讲述者不仅没有排斥、厌恶这些"多余人"，甚至还多有欣赏。这也正如蔡东自述的那样：这些人"跟在强大霸道的政经秩序中成长、懂得服软、一出道就一脸世故相的年轻人相比，他们身上闪烁过理想主义的星光，有一种拒绝的力量：我不干，或我不需要。可惜，在一个失却多样性的窄门里，在一个扭曲的价值体系中，他们未获认同，自己的秤砣又不够分量，摇摇晃晃地，双手互搏着，终至于自己消灭了自己。我无法去谴责哪一个，人已经够苦了，每一个人都值得作家心疼和原谅"[1]。不仅对这些失意者如此，即便是对装扮成优雅的邵琴，她也多怀有恻隐之心："实际上，从古到今，女性的伪装何曾消失过？伪装坚强，伪装成泼妇，直到真把自己活成男人。再往深处想，尘世中的红男绿女，谁不是在扮演另外一个人？和自己毫不相干的一个人。社会各个阶层品流对邵琴的倾慕，不过是缘木求鱼，但反过来想，惊慌失措的我们，平庸恶俗的我们，是否从未放弃过对闲情逸致和传统贵族生活的敬重？是否明知有诈，明知会幻灭，也不惮于全身心地亲近拥抱，甘之若饴地上这个当。"[2]如果是这样的话，当蔡东以欣赏的态度塑造这几位"多余人"的时候，当然也隐含了作家自己的价值观。因为悲悯，此时的蔡东站在高处。

三、小说的节奏、张弛与问题

　　蔡东小说的讲述方法，是她小说整体构思的一部分。一篇小说是否具有文学性或艺术性，与讲述方法是不能分开的。小说是语言的艺术，同时也是叙事的艺术；小说讲述的人与事，是在一定的时间范畴内展开或完成的，这一点它与音乐有相似性，在一定时间范畴里讲述的人与事，就需要急缓、张弛的节奏变化。小说叙事节奏的变化，本质上是为了与读者建立更为恰切的讲述与倾听的关系，同时也隐含着作家内在的情感需求。蔡东的小说在节奏的处理和掌控上，有很好的体会和经验。

　　《净尘山》开篇是母亲劳玉回忆与父亲相识相爱的过程，母亲沉浸在意犹未尽的享受中，还在余音袅袅的时候，讲述者悄然将焦点从劳玉那里转移到女儿倩女这里：

　　　世界变了，梧桐和青鸟的生命，气若游丝地在字面意义上延续，已是一缕余绪。梅雨柔韧，从未过气，每年由虚构步入现实，遮天蔽日，连月不开，将现代世界笼罩在它古典婉曲的气质里。恍惚间，张倩女觉得，天上的雨是一直没停。连串的爱情传奇像莹亮的雨珠，渐渐濡湿了她的心。二十七岁的梅雨之夕，父亲倜傥地摇着素纸扇，用一出出浓情缱绻的折子戏，注释着爱情亘古不变的魔力。艳丽的红尘卷轴在她眼前妖冶地铺展，她的心思，一下子活泛起来了。

这一转折犹如一个停顿，让读者一顿一惊，暂时疏离劳玉的讲述也为倩女的出现埋下了伏笔。然后挥洒开去，讲述一家三口的微妙关系。类似的"闲笔"有如水墨画的留白，有了"闲笔"才有峰回路转跌宕起伏。现代小说"形上"的韵味才有可能体现。

《断指》有"底层写作"的遗风流韵，余建英的苦难接踵而来：丈夫不忠、因情人而欠下公司巨额债务、办厂还债小芬出事、小芬折磨刁难、秀俊告上法庭等等，余建英几乎没有退路。这应该是一篇大开大合一泻千里的故事，但讲述者仍能掌控节奏，不至于使小说如脱缰野马汪洋恣肆。比如，当余建英发现丈夫出轨，恼羞成怒很可能丧失理性时，讲述者却突然放缓了情节的推进速度：

那个叫陶蓓的女人据说乃江南佳丽，余建英看了她和丈夫的合照后，断言江南佳丽的说法是造谣。江南小镇连名字都起得清雅出尘，绝对不会生养出这种肉感十足其俗在骨的女人。在余建英看来，陶蓓有两大特征，一是肥，二是俗。照片上的陶蓓，蒜头鼻，包子脸，额际垂下两绺鲜黄的鬓发，眼部画着烟熏妆，像刚被人胖揍过一顿。再看她那身装扮，黑色绣金线的连衣裙，V形领几乎开到了肚皮，领上还镶着一圈白毛毛。女人陶蓓几乎聚集了恶俗的全部元素，能有什么独特魅力呢？她纳闷。也许这就叫野草闲花逢春生，当时当令。

这个"其俗在骨"的女人并没有出场，她并不重要，但这多少有些"妖魔化"的描述，让读者也舒了一口气，并且对此事的后果了然于心。

蔡东小说在节奏掌控上的精彩之处随处可见。她云卷云舒紧拉慢唱，不温不火一咏三叹，对小说的理解确实有自己真切的体会。这是蔡东小说好的方面。但是，作为一个青年作家，蔡东的创作显然也存有一定的问题。问题是，蔡东的小说每一篇单独看，都是非常优秀的作品，特别是对悲情女性形象、"失意者"形象的塑造，正如上述分析的那样。但是，中短篇小说最难经受的考验，就是集中起来阅读。蔡东的小说当然也面临这样的问题。结构上的重复是蔡东小说突出的问题：三个女性——《往生》中的康莲，《断指》中的余建英，《无岸》中的柳萍，出场时都是悲苦不堪，或是面对瘫痪公爹越陷越深的泥淖，或是意外事故的纠纷，或是人到中年面对社会的一筹莫展。这一方面实现了蔡东"深究人生之苦"的创作初衷，同时也陷入了一个结构性的重复；另一方面，蔡东的小说时常可以看到飞翔的东西，特别是对那些略有颓废的"失意者"的塑造，他们身上凝聚着真正的文学性。他们都多少带有"竹林七贤""晚明世风"的味道。原因就在于他们与现实的关系不那么密切。在这样的空间里才有可能实现作家的虚构和想象。但是，蔡东小说更多的还是与现实的关系过于靠近。写实性或纪实性仍是蔡东小说的主要特点。我们当然希望作家能够反映切近的现实生活，尽可能表现这个时代的风情风貌。但是，如何处理现实与文学的关系，我们大概还没有透彻地解决。因此，这个问题不仅仅是蔡东个人的问题，它应该是所有与文学有关的人的共同困惑。

还有一个问题不免踌躇：蔡东风华正茂，但她很少写青春的小说。唯一见到的《天堂口》，也是一部让人感到委屈、郁闷、沮丧或溃不成军的"青春"景况。她年纪轻轻，更多关心的却是人的悲苦、生死、命运的问题。是什么原因让一个青年过早地远离了青春，或者对青春如此讳莫如深？这一点愿与蔡东一起思考。但是，我可以肯定的是，蔡东是我们这个时代真正可以期待的文学新力量，而且她是如此健康。

注：

（1）（2）　蔡东：《〈我想要的一天〉创作手记》。

她小说的现代气质是因为有了光

——评蔡东的小说集《星辰书》

蔡东的小说不是关乎信仰、彼岸、正义、终极关怀等宏大内容的小说。当然，我们需要这类小说，那些具有宏大话语操控能力的作家作品，曾经给过我们血脉偾张的激动，甚至影响了我们的性格和价值观。但是，当唯一的讲述方式渐次消退之后，无数种讲述方式大面积复活。被宏大话语覆盖的生活细小浪花逐渐形成了另一种潮流——我们身边流淌的就是这些细小浪花构成的生活潮流。于是我们发现，关于生活，关于人的情感、情绪等内宇宙是如此的浩瀚丰富。蔡东的小说更多的就是面对人的内宇宙展开的。这部命名为《星辰书》的小说集，一如它的讲述者，内敛、低调，虚怀若谷大智若愚。但是，小说中的那些人物、情感以及与人的精神领域有关的问题，读过之后竟如惊涛裂岸卷起千堆雪。因此，于蔡东和《星辰书》来说——无须高声语，亦可摘星辰。见微知著是蔡东《星辰书》的一大特点，她以丰富的直觉或魔幻、或荒诞、或洞心骇目般地讲述了她的人物的情感危机或内在焦虑，让我们感知的是这个时代普遍的精神困境和难题。因此《星辰书》一方面可以看作是这个时代精神状况的报告；另一方面，蔡东又以她的方式处理或化解那些貌似无关紧要的幽微处。因此，她的小说是有光的小说，这个光，就是心有大爱。

一、荒寒冷漠处更有春暖花开

几年前，我曾分析过方方发表的中篇小说《有爱无爱都刻骨铭心》。小说讲述了这样一个情感故事：瑶琴姑娘死心塌地爱上了她的"白马王子"杨景国。在爱情即将修成正果步入婚姻的前夕，杨景国死于突如其来的车祸。与杨景国同时死于非命的还有另外一个女子。从此，灾难如阴影挥之难去。直到中年，她又结识了一个男人，但无论这个男人如何爱她，她都难以让生活重新开始。在她最后一次去墓地告别旧情准备重新生活的时候，得知多年前杨景国死亡的真相，让她不慎落下的擀面杖又使第二个男人死于非命——当年，就是这个男人的妻子与杨景国死于同一场车祸！而同样悲痛欲绝的男人弥留之际说了一句话:"你要是实在忘不掉那就不忘吧!"小说发表后在读者和文学界引起了巨大反响。转载、评论,一时蔚为大观。方方写了一个惊涛裂岸的与情爱有关的故事,但小说写了人性的两面性:背叛与真情。杨景国是一个猥琐的男人,但瑶琴对爱情的执着像火光一样照亮了这个小说。方方这篇小说发表距今已过去十多年,但小说对这一情感领域的书写仍如火如荼居高不下。当然,没有什么题材比情感更适于小说。但我们发现,十年之后,对情爱的书写却发生了巨大变化:只有薄情、背叛、算计、欺骗、冷漠而没有爱情。小说写的都与情和爱有关,但都是同床异梦危机四伏。这种没有约定的情感倾向的同一性,不仅是小说中的"情义危机",同时也告知了当下小说创作在整体倾向上的危机。

生活中总有不如意甚至不堪忍受的苦楚或难处,蔡东同样也在面对。但蔡东讲述这些背面生活时,却没有写得血肉横飞惨不忍睹。那些不忍处她节制且体恤。那是了然于心后的体悟,是对生活光景的善意修复,就像德高的医生发现了病变,并不是一惊一乍而是得体或无声地疗治。蔡东对生活的理解,就像加缪一样:我们所受的最残酷的折磨总有一天将结束。一天早晨,在经历了如此多的绝望之后,一种不可压抑的求生的渴望将宣告一切已结束,痛苦并不比幸福具有更多的意义。

《伶仃》中被抛弃的妻子卫巧蓉，一直怀疑丈夫有外遇，丈夫出走后，她不惜跟踪丈夫，但丈夫确实洁身自好，事情不是她想象的样子。小说以极端的方式写了丈夫出走后卫巧蓉的"伶仃"况味。当一切大白，卫巧蓉与生活和解了："他们至今没有碰过面。她设想过面对面遇上的情景，这辈子该说的话已经说完了，她不知道该对他说点什么，但她还会迎上去，向他问声好。"然后我们看到的是，山峦连绵，白云飘过，青山依旧在，万事万物都没有改变。但对卫巧蓉来说"身边的黑暗变轻了"。经历过了，从容不迫才会成为人生一场真正的幽默，她无须安眠药也可以轻松入眠。放弃怨恨和猜忌，与生活和解，就是作家赋予《伶仃》的一缕阳光。中篇小说《来访者》是《星辰书》中权重较大的一篇作品。小说讲述者庄玉茹是一个心理咨询师或治疗者，她的疗治对象名曰江恺。对这个患有心理疾病的人，庄玉茹并不比我们知道的更多，在帮助江恺认识自己的过程中，江恺的问题才呈现出来。因此这是一篇平行视角讲述的小说。江恺患病的根源以及疗治过程非常缓慢，一如石子投入湖中，层层波纹渐次荡漾。作为心理咨询师的庄玉茹，虽然专业但也未免紧张，但她就是江恺的阳光，她终要照耀到江恺内心的黑暗处。她不是抽象地理解和同情，这与具体疗治没有关系。有关系的是她如何通过具体的细节和办法让这个貌似"活得不错的人"走出黑暗。当然这是心理咨询师庄玉茹的工作。对于作家来说，在注意技术层面循规蹈矩的同时，她更要关心怎样塑造他的人物，怎样让事件具有文学性。这时我们看到，庄玉茹居然陪着江恺去了一趟洛阳——江恺的老家。这个事件是小说最重要的情节。时间回溯了，江恺重新经历了过去，然后那些美好与不快逐一重临。那扇关闭心灵的大门终于重启。但我更注意的是这样一个细节：他们来到白马寺，寺门已关，游荡中他们发现了一家小酒馆，于是他们走了进去——

> 我们商量着点菜，芹菜炝花生、小酥肉、焦炸丸子、蒸槐花，主食要了半打锅贴。菜单翻过来有糯米酒，我问他："喝点酒吗？"他笑笑："度数不高可以。"
>
> 很快，店家温了一壶酒上来，酒壶旁是一个小瓷碟，放着干桂花。我先把酒倒在杯子里，再撒上厚厚一层桂花。乳白色叠着金黄色，米酒的酒香托着桂花的甜香，在不大的屋子里漫溢着。

这是一个寻常的生活场景，我们曾无数次地亲历，因此一点也不陌生。但这个场景弥漫的温暖、温馨和讲述出的那种精致，却让我们怦然心动——谁还会对这生活不再热爱。充满爱意的生活是对患者最好的疗治，也就是庄玉茹走出小酒馆才意识到的"一次艺术疗治"。庄玉茹是江恺走出黑暗的阳光，这缕阳光与其说是专业，毋宁说是她对生活的爱意置换了江恺过去的创伤记忆。在一次访谈中蔡东说："对日常持久的热情和对人生意义的不断发现，才是小说家真正的家底。人生的意义何在，毛姆用《刀锋》这样一部很啰唆的长篇来追问，小说里几个人物分别代表了几种活法；伊格尔顿用学术的方式来探讨，答案不重要，他的逻辑和推进方式让人着迷。而我写下的人物用他们的经历作出回答：意义不在重大的事项里，而在日复一日的平淡庸常中。就像我在《来访者》里写下的一句话：在最高的层面上接受万物本空，具体的生活中却眷恋人间烟火并深知这是最珍贵的养分。"这不只是她的宣言，更是她在小说中践行的生活信念。因此，当江恺的妻子于小雪说庄玉茹救了一个患者时，庄玉茹摇头说："救了他的是流逝的时间，是男欢女爱一日三餐，是贪生和恋世的好品质。日复一日的生活是最有魔力的。"作家的健康赋予了人物的健康。谁都会面临无常，但对健康的人来说，一切过去便轮回不再。于是，小说结束时庄玉茹的"这世界真好，生而为人真好"，就不是一种空泛抽象的感慨，而是发自内心的由衷感恩，犹如爱的七色彩练横空高挂。

二、"现代气质"与小说的难度

蔡东的小说有鲜明的现代气质。这个现代气质不只是说她的小说具有的时代性或辨识度，我指的是她小说人物的性格。《天元》，应该是一部寓言小说，一部具有鲜明"现代派"气质的小说。陈飞白是个人才，但她每次求职都折戟在面试上，她不得不从事一般性的工作而难以介入中心。所谓"天元"，就是围棋盘正中央的星位，也是众星托衬的"北极星"，是最耀眼的一颗星，天元也意指那些出神入化的人物。而陈飞白应该是一个"此辈不可理喻，亦不足深诘也"的人物。她不想成为"天元"，不想成为那个世俗意义上于贝贝式的成功人物。她更像是来自彼得堡时代的"多余的人"，现代中国的"零余者"或60年代的美国、80年代的中国"现代派"的反抗者。不同的是，陈飞白并不狰狞铁血，她表面略有棱角内心坚不可摧。在她的观念里：

> 我终于不是少年也不是青年了
>
> 不再因年龄被强行划入一场场比赛
>
> 回望这些年，我会从心底笑出来
>
> 我记得

我活得特别有兴致

在每一次能瞄准的时候我没有瞄准

我往左边或右边偏了一下

因为这不瞄准

因为这不瞄准

我觉得，我是一颗星我是一个人才

我活着最有意思的，就是这一次次的不瞄准

　　这就是陈飞白的诗。她值得炫耀或自我确认的就是一次次的不瞄准，她就是要特立独行。当然，决绝的是陈飞白而不是蔡东。蔡东开篇不久即写到一条抹香鲸的死亡。离开了大海，离开了具体的生存环境，即便你是一个庞然大物，也难逃厄运。

　　《照夜白》中的谢梦锦，是一个一心要"逃离"的人。《逃离》是加拿大诺奖获奖作家爱丽丝·门罗的小说。距门罗更为久远的时代，女性就早已准备好了"逃离"。因此"逃离"是女性文学屡试不爽的主题。面对旷日持久言不由衷的课堂，谢梦锦几乎忍无可忍。于是她"失声"了，她可以不上课了。"喜从天降"的"失声"让谢梦锦自由了。自由太让人神往了——歌德说："为生活和自由而奋斗的人，才享有生活和自由。"斯宾诺莎说："只有自由才能造成巨人和英雄。"谢梦锦不想奋斗也不想

当巨人和英雄,"在没有英雄的年代,我只想做一个人"。于是,做一个人的幻想便出现了:

> 我一直有个愿望,或者说幻想。有一天我到了教室,坐下来不说话,学生也不说话,大家就这样一起沉默,一分钟,两分钟,四十分钟,四十五分钟,铃响了,所有的人一言不发,寂然散去。

但是,谢梦锦并不是一个彻底反抗的"现代主义者"。她马上说:"想想罢了,怎么可能,一大群人呢。说不说话,从来不是自己能决定的事。"与其说谢梦锦不是一个彻底的"现代主义者",毋宁说蔡东不是一个彻底的"现代主义者"。那个时代毕竟只可想象难再重临。一个普通人能做的就是"适可而止"。陈飞白、谢梦锦都生活在既定的生活环境中,她们具有"现代气质"已实属不易。利奥塔在《后现代性与公正游戏——利奥塔访谈、书信录》中说:从历史的观点来看,文化是身处根本处境的一种特殊方式:它们是出生,死亡,爱情,工作,生孩子,被实体化衰老,言谈。人们必须出生,死亡,等等。于是一个民族对这些人物,这些召唤,以及他对他们的理解,做出了回应。这种理解,这种倾听,还有赋予它的回声,是一个民族的存在方式，它对它自身的理解，它的凝聚力。文化不是归属于根本处境的习俗、计划或契约为基础的意义系统，它是民族的存在。因此，讨论陈飞白、谢梦锦的"现代气质"，离开了利奥塔的民族的文化处境或布迪厄的"场域"理论，是说不清楚的。蔡东的"现代气质"就蕴含在这一文化处境和场域中。

有难度的小说，就是用爱化解人的无尽苦难和痛楚。痛苦是人类永恒面对的景况，用想象的方式解除人的痛苦并走出这一境遇，是有爱的作家选择的春冰虎尾的道路，也是一条难以为继的道路。它极易形成模式或同质化，即便确乎不拔也险象环生。但小说就是冒险的艺术，绝处逢生也就成就了一个作家的伟力。我们发现，生活中的问题包括那些内心深层的问题，从来就不只是自身的问题，这些问题是通过与别人别处的生活比较呈现的。因此，那些理论金句尽管必要，却不具有实践的意义。但通过作家对具体生活场景和人物内心细微的描摹，一切竟一目了然一览无余。我们知道了自己那些幽微隐秘的痛楚究竟在何处作祟，找不到的那些痛点就从这些人物的身上转移到了我们的身上，切肤之痛就这样如期而至。读蔡东小说的致命感受就在这里。

之所以说发现、捕捉人的情感或感觉的幽微处是小说的难度，因为那是一闪即逝却又挥之难去的感觉，似若有若无又无处不在，它几乎成了一个人的魔咒或幽灵，游荡在人的内心深处又不时泛起。那种只为别人观看的"盆景"式生活在传染病似的蔓延。《出入》中的梅杨一直生活在朋友李卫红的阴影下，鄙视她愤恨她，却又受虐癖般地不能停止接近她。林君梅杨夫妇话不投机，旅游计划搁浅，不谋而合的竟是源于两个人均难以启齿的对分开的渴望。也许这时我们才会理解纳兰容若"人生若只如初见，何事秋风悲画扇"背后的一言难尽。夫妇均有对"分开的渴望"，就是人物内心的幽微处。这是生活中几乎人人都有又难以启齿的心理活动，如果诉诸实践，也不啻为医治夫妻矛盾的一剂良药。这里有存在主义的意味，但这里的存在主义是人道主义。不然就不能解释《出入》中林君的"临时出家"，以及"出家班成员"们相互间亦有"咫尺天涯"的美妙感了。那个混乱的所在，基督教、道教、佛教一应俱全，国人女翻译、洋人牧师悉数在场。这个反讽的荒诞场景将精神世界的无序混乱和盘托出。更具讽刺意味的是，梅杨居然对林君说"我可是修成正果了"。出与入，居与处，是传统士阶层难以处理和选择的矛盾，但历史发展至今日，这个曾经犹疑不决的矛盾终于幻化为一个后现代的闹剧。

《布衣之诗》中有这样一个细节：孟九渊和妻子赵婵分居前曾宴请大学读书时的同学，席间大家言谈举止得体周正。但结账时——

赵婵提出打包。孟九渊用眼神质疑她，你这是怎么了？拿回家你吃吗？吃吗？赵婵避开他的目光，起身去柜台付钱，很快就有服务员来桌旁收湿纸巾。孟九渊按住湿纸巾，问：干吗？服务员缩回手去，解释道："女士说了，没用的都退掉。"同学们赶紧拿起来，说："不习惯用这个，退了吧。"孟九渊动作很大地扯开包装，说："我用。"

　　但回家的路上俩人并没有争吵，默默不语沮丧茫然。这最后一刻让宴请毫无颜面。这个细微处，赵婵的性格和两人的关系，不著一字尽得风流。生活自有迷人的魅力。但生活中总要遭遇它的背面，就是那些琐屑、无聊甚至构成"敌对性"的阵势。它让生活变成煎熬、无望甚至绝望。生活中某些细小的缠绕、纠结、不快等，直接作用于人的精神和情感，处理的过程并不亚于面对"大事件"时的犹豫或举棋不定。在大的生活内容面前，我们有那些高明的向导或潜在向导，他们代替了我们思考；我们还可以选择从众——或者有人先于我们选择，他们可以提供某种参照。但面对个人生活的百态千姿，你必须自己拿主意。这时你拥有自由，也因为自由你拥有了麻烦——无所适从的麻烦。这个麻烦与生活丧失了方向感有关系，但是，生活中不是所有的事情都与方向感有关，其间的不确定性如影随形挥之难去。蔡东的小说要处理的大都是在这样的背景中发生的，这就是蔡东小说的当下性。

《天元》中的陈飞白虽然桀骜不驯我行我素，但她非常在乎和丈夫何知微的情感。她是太爱何知微了。两人的关系即便如此，仍有需要小心翼翼的缝隙。陈飞白曾经问何知微"喜欢你现在的工作？足以安身立命？"，他们的价值观显然并不严丝合缝。何知微也爱惜和陈飞白有关的一切，他突然有些担心，"万一，他和她，把话都说完了怎么办？会有没话说的那一天吗？不敢深想，只能珍视此刻，想着既有此刻，也不算白活了"。彼此情感甚笃相爱甚深的人，也未必相知彼此。所谓"心心相印"不过是句堂皇的修辞而已。蔡东对人心内部秘密或细微处的大胆敞开或剖析，是她小说最具力量的一部分。温文尔雅是小说的表面，犀利就在其间。

三、对"不中用的东西"的发现

但是，《星辰书》终是一部心有大爱的书。这个爱，不只是对人物的处理，亦隐含在诸多细节之中。除了人物关系之外，那些鸟语花香的细节更是楚楚动人。《照夜白》中的谢梦锦，"按照今天的设置，她不能发出声音，这番话只是在心里默默说了一遍。她想起家里的柜子抽屉里，放满了杯壶碗碟，几年也用不上一回的，就是为了看看，看着喜欢。她从小喜欢的，好像都是些中看不中用的东西"。"一路上她车开得很快，急切地想把刚才的夜晚甩到身后。再转一个弯就到小区了，每次先看到的都是裙楼的鲜花店，她把车速降下来。店里的灯还亮着，她停下车，看着店员把摆放在门口的花盆一一搬进店内，透过落地玻璃，能看到不大的空间里布满鲜花。当初花店刚开的时候，她担心花店生意清淡，万一哪天关门就可惜了，她是第一批办储值卡的人。毕竟，楼下开间花店，住户的日常里就有了点高于生活的东西。"中看不中用的东西就是美的东西，就是"高于生活的东西"。谢梦锦因对生活的这些感知和认识，人物就有了站位，她的"失声"和对日复一日机械生活的反抗，就有了意味——她抗拒的是被生活"异化"，却坚决站在了"美"的一边，一个理想主义者的形象在"不中用的东西"中腾空而起，一如画中的骏马"照夜白"。蔡东小说中那"不中用的东西""高于生活的东西"比比皆是。无论是人物趣味还是讲述者趣味大抵如是。《伶仃》的开篇——

黄昏的时候，卫巧蓉走进一片水杉林。通往树林深处的小路逐渐变细，青苔从树下蔓延到路边，她快步走过时，脚步带起了风，缕缕青色的烟从地面上升起，蜿蜒而上，越来越淡，越来越清瘦。她停下来，等烟散尽了才俯低身子凑近看。这些日子阳光好，苔藓干透了，粉末般松散地铺展着，细看起来如一层毛毛碎碎的绿雪，她小心喘着气，担心用力呼出一口气就会把它们吹扬起来。

然后卫巧蓉走出了树林，天空、小径、街道、楼房、海岸线、山丘和翻过山头的一朵云，伸向天空几个角的剧院才渐次出现。这些貌似闲笔的文字，让小说松弛冲淡。但小说内在的紧张就蕴含在从容的文字中。被"窥视"的丈夫一无所知，窥视者卫巧蓉则一览无余。那些"不中用"的闲笔便具有了"张力"的意义。《天元》中何知微一直期待将地铁六号线上印有"一步到位"的广告牌摘走。女友陈飞白曾经做过这件事并且成功地把广告牌取走了。轮到何知微却遇到了麻烦。事情不在于何知微是否能够摘走广告牌，即便摘走"一步到位"的广告牌，陈飞白的命运能够改变吗？但是有了这个情节，小说便飞翔了起来，小说有了诗意。那是一种对"天元"的反抗，对"现代"

价值观和格式化生活"理想"的反抗。

"不中用的东西",一如加缪旅途中将风景化为内心的背景,一道微光,一首乐曲或一群拔地而起的飞鸽,让他心中充满了莫名的欢乐。如是,我们就理解了为什么梭罗会守着一潭湖水,凡·高会画一双农鞋或几枝向日葵,诗人要吟唱长河落日大漠孤烟。对"不中用的东西"的迷恋,只因为那是"高于生活"的美,是精神需求的要义。无论人的自然属性是否被满足,是那些"不中用的东西"改变了我们。有人曾打比方说,家里最有用的东西是厨房和厕所,但是有客人来了,你让客人看的或者是一幅画,或者是进书房,这画和书是没用的。但你不会领着客人去看你的厨房和厕所。

我还注意到,蔡东的小说对日常性生活的兴致盎然。她的小说,几乎每篇都会写到花花草草,写到日常生活的必需,写各种菜蔬或餐桌:

吃过早饭,她忙着给女儿检查行李,钥匙,证件。女儿呢,忙着检阅冰箱,里面满满当当的是蔬菜、鱼虾和水果,冷冻层里也塞满水饺、猪肉包和带鱼段。

早市海鲜区堆满了刚从海里捞上来的梭子蟹、海虹、毛蛤、爬虾，地面上水淋淋的，空气里弥漫着一股清鲜的味道。

——《伶仃》

两人一路引我来到小区，小区的建筑物很疏朗，花园开阔，种着些合欢、夹竹桃、石榴、垂丝海棠，地上除了草坪还有大片的毛牡丹和矮牵牛，水系景观也愉人眼目，防腐木的平台，曲水游廊连起几座小巧的六角凉亭，岸边随意散落着几块景观石，流水潺潺，红红白白的锦鲤在硬币大小的绿萍间游弋。

我早早来到咨询室，把洛阳买的牡丹绢花插在藤筐里。花朵绣球般大，颜色是渐变的粉，只有一瓣显得各色，近于深红，像湿了的胭脂，红色冷不丁一大步跳到粉白，倒是一点也不呆。

——《来访者》

这些笔墨，既是闲笔，是"不中用的东西"，是生活的情怀也是个人趣味，一个女性作家的性别区隔亦在这情怀和趣味之中，或曰对生命的体验之中。小说考量的最终还是作家对生命理解的深度。蔡东自己曾说:"说到'我想要的一天',在非常不确定的世界里,有闲暇的一天大概便是最好的一天了。没有什么事是必须要做的,可以收拾收拾屋子,可以去菜市场逛上两个小时,买好菜回家做顿饭,可以拿起一本读过很多遍的书,从随便翻到的那一页开始看,毫无功利性地散漫地看。这就足够了。"正是有了这等平常心,蔡东才有了她和小说的低调内敛。但蔡东的内敛或低调,不是张爱玲见到胡兰成的那种变得很低很低,低到尘埃里,从尘埃里开出花来的卑微甚至不惜失了主体性。蔡东是《照夜白》中的谢梦锦喜欢的铃兰花,在盛年时便向下绽放,不似那些仰着头向上开的花,残败了才无奈地低下头。铃兰是主动、自愿地低头俯看,把花开向地面。开向地面的绽放也可以大放异彩,只不过那需不同的看客或听众罢了,一如"峨峨兮若泰山""洋洋兮若江河"的高山流水。

对人的心灵和精神世界的关怀

——评杨黎光的《我们为什么不快乐》

读杨黎光的《我们为什么不快乐》，我首先想到的不是这究竟属于哪个学科或文体的著作，它是文学随笔、哲学札记抑或是心灵体验的讲述，都已经不重要。重要的是，这本书与我们每个人有关，与我们切实的心理经验或精神状况有关。因此，这是一本关怀人的心灵和精神世界的著作，是一本对生命或生活本质进行终极追问的书，是一本融汇了古今中外知识和个人经验的书，也是一本既形上玄想又驻足大地的书。阅读这样的书不仅趣味盎然，同时给人无尽的启发、联想然后叹为观止。

之所以难以确认这究竟是一本什么样的书，就在于，杨黎光在书中不仅信马由缰旁征博引，通古今之变成一家之言，而且用了大量统计数字，采用了大量不同阶层、不同人群的具体的心理经验。他的文字在大地与天空之间，像鸽哨如云朵，但那些具体的实例又因如此切近而让人备感亲切。开篇作者就讲了一个令人震惊的材料：国外一家机构搞了一项世界各民族快乐指标研究，对包括中国在内的 22 个国家总共两万多人进行了调查，统计结果表明：美国 46% 的人认为自己是快乐的，英国 36%，印度 37%，而中国，只有 9% 的人认为自己是快乐的。反过来说，10 个中国人中就有 9 个认为自己是不快乐的。于是问题变得严重起来。杨黎光要追问的是：为什么那么多的人感到不快乐？这不仅是个问题，而且是每个人都不能摆脱和回避的问题。因此，为大家"寻找'快乐共识'"，就是这本书写作的目的。

这真是个难题。世界上有各色人等，每个人的出身、处境、性别、种族、阅历、目标等各有不同，他们有"快乐共识"吗？杨黎光以试错的方法开始了他艰难的解析路程。他首先从宗教切入，并讲述了他亲历的经验："父亲去世后，母亲孤独和痛苦，终日以泪洗面。一位老街坊来看母亲，她是个基督徒，就劝母亲去教堂坐坐。后来母亲没有去教堂，却常去家乡长江边上的一座佛庙，借信奉佛祖，渐渐进入一种平静。接着我看到母亲的脸上慢慢有了一些笑容。"但作者接着质疑说："宗教，真的能让痛苦的人找到心灵的宁静和重拾快乐的感觉吗？"或者说："神，能够抚慰我们的心灵吗？"这是一个难解的"悖论"：杨黎光的母亲因信奉了佛祖，减缓了她的痛苦，但一个个案是否就可以断定宗教或者"神"就是快乐的源泉？问题显然不这样简单。然后，杨黎光从创造、爱情、权力、欲望、理想、功名、财富等不同的方面讨论了与"快乐"相关的问题。这些问题我们几乎每天都在接触，但它背后隐含的哲学、形而上学抑或最具体的内心感受，却远远没有被我们注意。但是，就是这些事物，决定着我们是否快乐。我感佩的是，杨黎光通过这些表面事物，走进了它的深处。他不可能给我们终极答案，但他提出问题的方式，却像一道光，照亮了我们匆忙抑或迷茫的不知所终的黑暗的隧道，他启发我们在琐屑或无尽的事物中，能够停歇下来——这都是为了什么？

"我们为什么不快乐？"问题的提出当然不是始于杨黎光。远的不说，改革开放初期的1980年，《中国青年》杂志发表了潘晓的一封信：《人生的路啊，为什么越走越窄……》。当年二十三岁的潘晓说：我"应该说才刚刚走向生活，可人生的一切奥秘和吸引力对我已不复存在，我似乎已走到了它的尽头。回顾我走过来的路，是一段由紫红到灰白的历程，一段由希望到失望、绝望的历程，一段思想长河起于无私的念头而终以自我为归宿的历程"。这种失望、绝望感，本质不就是源于不快乐吗？因此，杨黎光的书写或思考，是一个接续性的追问，也是一个发展性的研究。杨黎光注意到，就在前两年的《中国青年报》上，年届八十的经济学家茅于轼发表了题为《快乐是一个社会问题》的文章。这篇文章开篇提出的问题是："一个人来到这个世界几十年，到底是为了什么？不少人懵懵懂懂过了一辈子，也没想过这个问题。"我相信没想过这个问题的人太多了，当然也包括我自己。当然，茅于轼先生讨论的更具体，他说："一个人的快乐与否往往和他周围所处的环境有关。所谓的环境主要是人的环境。如果没有人跟他捣乱，他就会活得快乐一些。反之如果人人和他过不去，找他的毛病，污蔑他，侮辱他……他自己再有本事，再懂得怎么追求快乐，也都没有用。所以说一个人快不快乐不光与自己懂不懂快乐有关，更与周围环境和周围的人有关。快乐是一个社会问题，不光是一个个人问题。"这是一个阅历丰富的学者的切身感受。

杨黎光是一个有成就的报告文学作家和小说家。如果说多年来，他的作品密切关注中国社会变革，密切关注现实生活的话，那么，这部《我们为什么不快乐》，则将他的视野拓展到了关怀人的精神和心灵领域。这个变化让我们认识了另一个杨黎光：一个敢于面对和走进人类心灵世界的杨黎光。

宅院文化：微缩的宫廷

——评杨黎光的《园青坊老宅》

从书名看，《园青坊老宅》很像是一部家族小说。但它不是家族小说。它是终结了生活于老宅中的两个居民群体、反映时代历史风云变幻的社会历史小说：家族历史在老宅中终结，前现代或欠发达时代的民居生活，在老宅被付之一炬时也同时终结。但这是一个令人喜忧参半的故事。表面波澜不惊，但内部阴沉、危机四伏的家族时代永远地成了历史；喧嚣热闹、纷乱杂居的生活也即将成为历史。这两个时代的终结，都是中国社会历史巨变的象征，也应该是历史的表征。但是，当老宅化为灰烬的时候，"几乎所有老宅人都回来了，大家围着这堆废墟不发一言"。这本应该是一个进入新时代的庆典仪式，但它的场景却充满了凭吊般的感伤，成为一个告别仪式。更有趣或值得深究的是，这个让老宅的历史永远消失的人，竟是一个神志模糊的

"二傻子"。

老宅的消亡，就是历史的消亡。作家对这段历史消亡的心情是复杂的。老宅中蕴含着许多鲜为人知的秘密。比如类似志怪式的各种故事："狐仙"、有声音的骨灰盒、能吞鸡的巨蛇、阴沟爬出的乌龟等。有的是人为的装神弄鬼，有的是民间神秘文化；同时，老宅中也有齐社鼎和梅香"五四"式的凄美动人的爱情故事，有几十年被认为是"狐仙"的一心要找到齐家浮财的谢庆芳、有满足于占小便宜的张和顺、破落公子程基泰、文物贩子钱启富、倒卖难民服装的杜媛媛、酒鬼曹老三、寡妇何惠芳和新青年成虎等。这些人的出身、教养、人生和命运，都千差万别。他们生活在老宅的时候，老宅曾是难忘爱情、热闹生活的集聚地，但老宅也曾是悲剧或悲苦命运的发源地。但这就是曾有过的生活。它存在的时候，老宅人可能意识不到它的意味。一旦消失，老宅人仿佛就和历史失去了联系。这就是为什么当老宅化为灰烬、新生活即将开始的时候，老宅人反倒没有，也不能欢呼雀跃弹冠相庆的原因，也是作家内心矛盾迷茫百感交集、欲说还休欲言又止的原因。

小说将不同的人物汇聚到老宅，他没有将老宅写成传统的家族小说，也没有将其写成单一的大杂院，而是将两者交织在一起。书写了两种完全不同的生活。齐家老宅的家族宗法关系严明有序，但它却扼杀了齐社鼎和梅香美丽的爱情，这时的老宅应该死去；大杂院时代，捉襟见肘的条件使邻里没有私秘生活，矛盾百出，老宅也应该死去。但是，历史没有、也不会为老宅人提供至善至美的生活。那种凄美哀婉的爱情和既爱又恨的邻里生活，就这样永远地成为过去。所以，老宅人和叙述者究竟要生活在过去，还是生活在可以想见的现实与未来，实在是个说不清楚的事情。这就是现代性的两难。

小说对齐社鼎和梅香爱情的书写和神秘故事的书写，是其中最有光彩的段落。这种爱情在现代文学中，在巴金的小说或曹禺的戏剧里都曾出现过。男女主人公的刻骨铭心和天各一方，是浪漫主义小说常用的手法。但在浪漫主义消失的今天，这个故事仍然楚楚动人。那些神秘文化本来是人为的，但作为一种想象的超自然力量，虽然不同于作为民间信仰的"普化宗教"，但作为一种文学元素，它有效地控制了小说的节奏和情节的发展变化。同时，它也是我们理解民间世俗生活的重要依据。

小说最后，成虎去了深圳，很酷似当年新青年的出走。新青年的出走是实在没有出路，作家必须以放逐的方式处理。但成虎似乎没有必要。老宅没有了，一个时代没有了，这对老宅所有的人都是一样的。老宅人的历史也结束了，但是他们没有走。所以成虎的出走却使小说没有走出五四时代感伤小说的旧路数。

文化差异与叙事伦理

——评秦锦屏的小说创作

　　深圳青年作家秦锦屏是一个创作的多面手。她的处女作是诗歌，然后她写散文，写小说，还写话剧，并且能够做导演。不是说一个作家能够进行多种文体创作有多么重要，重要的是秦锦屏能够把握多种文体一显身手的同时，都取得了不俗的成绩。她的散文、小说和戏剧文学屡屡获奖，从一个方面证实了这一看法并非虚妄。按照秦锦屏自己的说法，她是生于陕南，长在帝王之州，就业于深圳。虽然年轻却有丰富的阅历。1991年就发表了处女作，是一个"年轻的老作家"。读秦锦屏的小说有一个特别值得注意的现象：她虽然人在深圳，但小说大多写的是"故乡记忆"或"故乡经验"。这种现象在文学史上多有发生，比如现代文学史上那些进城后有"创伤体验"的作家，他们在乡村时没有写出他们的乡村体验，进城后的创伤与不适，照亮了他们曾经的乡村经验。于是，乡村记忆重新浮现的时候，乡村被大大诗意化了，不仅乡村生活充满了诗意或田园风情，甚至民粹主义思想也被自觉接受。当代文学史上，进城的作家也仍然写乡村生活，并且塑造出了众多"社会主义新人"，通过这些"新人"构建了社会主义价值观。这些经验都有它们的历史合理性，当然也有它们的局限性。

秦锦屏来自陕西，并有难以磨灭的陕西文化记忆流淌在血液里。因此，当她来到深圳后，特区文化和城市文化与她的故乡记忆碰撞之后，巨大的差异性凸显出来。这种特有的文化经验既帮助她更清晰地理解和照亮了故乡记忆，同时也帮助她更清晰地理解了城市的文化经验。通过秦锦屏的小说我们发现，她书写自己故乡记忆的时候，一个重要的特征就是没有将故乡苦难诗意化。我们知道，由于中国城乡发展的不平衡，造成了城乡二元对立的社会结构。被牺牲的乡村长期处在欠发达状态，物质生活的贫困是乡村苦难的根源。但是，很多作家，特别是"右派"作家恢复创作权利后，普遍有一种将乡村苦难神圣化的倾向。这已经成为文学史上的一个重要问题。但是，秦锦屏的小说创作没有这种倾向。她在书写故乡记忆的时候，更多的是发掘故乡生活的细节，尤其钟情于故乡父老乡亲的情感生活。她写祖孙情、父子情、姐妹情、乡里情、爱情等。对情的洞悉和书写，是秦锦屏小说的一大特点，也是她的小说的动人之处。具体地说，秦锦屏汲取了陕西民间文化特别是信天游的精髓。表面上看，秦锦屏的小说大多用信天游的方式命名，比如《人人都说我和哥哥有》《这么旺的火，也烧不热个你》《黄土里笑来黄土里哭》《拉手手，亲口口》等。事实上，秦锦屏不仅是在借用信天游的形式，更重要的是她在小说里承继了信天游浓烈的情感元素。我们知道情歌是信天游的精华，也构成了陕北民歌的主调。如民间传唱的《兰花花》《三十里铺》《拦羊的哥哥》《赶牲灵》《送情郎》《泪蛋蛋抛在沙蒿蒿林》《走西口》等都是情歌的代表作品。秦锦屏将信天游的情感元素生发开去，她不仅写爱情，而且在情感的大范畴里展开她的故事、细节、人物和叙事。这就是秦锦屏小说的叙事伦理。

《人人都说我和哥哥有》是秦锦屏的成名作。胡儿台的婆姨女子都喜欢的陕北人宝奎，到胡儿台来当麦客，麦收结束了他却没回去。倒是在胡儿台租了一间杂货铺子，连卖东西带住人，每夜都会唱起深情的信天游。有人说他此来和两个女人有关，是刚烈俊俏的小寡妇杏莲嫂？还是富贵家静默羞怯的新媳妇荷花？小光棍金刚揭开了谜底，但同时又让人云里雾里。这几个出类拔萃的青年男女间到底是"有"还是"没有"？小说整体上有鲜明的浪漫主义色彩，但具体细节的生动真实，显示了秦锦屏的写实功力：村里人正在议论荷花一大早上从宝奎的屋里走出来的时候——

"荷花来了！"围观的人像是得到了号令，"呼啦"给荷花闪开了一条道。荷花跑上前去跪在富贵娘面前："娘，咱回吧，您老要相信我，啥事情都没有……"荷花话还没说完，富贵娘一个耳刮子就抽了过来，顿时荷花鼻口都是血。围观的男人心都颤了一下，女人有些快活意思的大都是有着丑八怪模样的。富贵娘叫不开宝奎的门，积郁了一个早晨的气出不去，这时看见荷花，便发作了，她推搡撕扯着荷花，揪着荷花的头发往宝奎的门上撞："不要脸的骚货，你还有脸出来现眼，你滚回去吧，跟着这个麦客滚，有多远滚多远！……""哐当"一声，宝奎开了门，铁青着脸怒视着富贵娘："你给我放开她！"所有的人第一次看见平日里好脾气的宝奎发这么大的火。"我让你放开她，你听到没有！"宝奎吼着。富贵娘像是谁给上了发条一样，嘎嘣就弹了起来："哎哟，你个野汉子倒是比我恶！你把我胡家的人丢尽了，我不活了……"富贵娘哭喊着向宝奎冲过去哭叫摔命，她撕扯着宝奎，叫骂着荷花和宝奎，咒骂着荷花的爹和娘，咒骂着宝奎和荷花的祖宗八辈。荷花不言语，直挺挺地跪在那里，泪水像小溪一样在净白的嫩脸上奔流。富贵本门亲族的男人从宝奎开门的那一瞬间，全都拥进了宝奎的小卖部，疯狂地砸打店里的东西。他们口口声声说是给富贵出气，其实那些砸东西的男人们更生气的是荷花，生气荷花喜欢宝奎。

这里写的是一个场景，同时也写出了不同当事人的复杂心理。面对这混乱的场景，一个乡村女子心里的压力可想而知，她的爱的代价和爱的决绝也在这混乱的场景中被瞬间照亮——为了爱她将不计后果。

秦锦屏对情爱书写得让人感动，重要的是她对生活细节的捕捉能力。《黄土里笑来黄土里哭》她写婆婆对孙子的爱：

娃他爸他妈外出打工了，丢下娃给他们老两口带，现在村头的小学里念书，每天放学回来，一个人守着电视机孤孤地看动画片。看完了，跑出去张狂，一直疯到天黑尽了，才泥一身、汗一身地跑回来。衣服还没给他剥完呢，他就乏得歪脖扭颈，斜靠在棉花被垛上睡着了。这时，她总控制不住满腔爱意，捧着他的脸美美地亲上一大口。这家伙要是醒着，可了不得呢，他定会一蹦三尺高，跳跳踢踢地说："呀！你！你你！……"然后，拽着衣袖猛搓脸。那天，要不是她变脸喝骂，估计娃那半个胖脸蛋儿就要刮掉了。

奶奶对孙子那与生俱来的喜爱情不自禁跃然纸上。这样的细节让每个读者都能会意，那里洋溢的亲切和亲情会在心里荡漾出层层涟漪经久不息。

还是《黄土里笑来黄土里哭》，小说中的两姐妹阴差阳错地"姐妹易嫁"，因此心生隔膜。雪青后来嫁的男人要叫钟山"舅舅"，雪青按理也应叫钟山家的"舅妈"。可雪青说："我是先叫后不改，还叫她——姐！"后来，雪青还是叫了钟山家的一声"舅妈"。钟山家的不解："今天你咋舍得叫我舅妈了？"雪青尴尬地猛咳一阵说："老了，再不叫……就没有机会了！"这时，钟山家的——

咯噔一下，她的心疼起来，一把逮住雪青，她的声音都变了："雪青，你咋了？有啥事你甭瞒我啊，你这话让我……让我……"她自己都没想到，眼泪会叽里咕噜成串滚出来："你要不好，我……我活着也没劲了。"

这还不是女性主义文学中的"姐妹情谊"，乡村普通女性不懂这些。这是乡村女性多年相依为命的情感最坦诚最真实的流露。

我们肯定或认同秦锦屏小说的叙事伦理，还有一个重要方面就是秦锦屏对塑造小说人物的坚定信念。她曾说："一直希望，在我静默的笔下活着一群人，他们欢笑、哭泣，他们怨恨、热爱，按自己的方式生活着、憧憬着……我想打捞起这些被遮蔽在历史尘埃中的人，并试图在中国文学的'人物画廊里'增添那么一两个特色独具的人物。"这段话看似老生常谈，却隐含了秦锦屏巨大的文学抱负和眼光。一段时间以来，在考察中国当下文学特别是小说现状的时候，我认为当下文学的主要缺欠之一就是没有人物，更不要说"共名性"的文学人物。当"典型人物"的理论和观点被认为过于陈旧而被抛弃之后，小说连让我们能够记得、想起的人物也不见了。小说说了很多话，写了很多故事，但就是没有人物能够让你想起，这难道还不是问题吗？正因为如此，我更愿意肯定秦锦屏为"中国文学的'人物画廊里'增添那么一两个特色独具的人物"的想法。

秦锦屏这样说，同时在她的小说创作实践中也是这样努力的。比如为她赢得很大文学声誉的中篇小说《这么旺的火，也烧不热个你》中的麻脸女人张红杏，就是一个"特色独具"的人物。一个女人先天"麻脸"是一件多么让人惋惜和同情的事情。可张红杏偏又不顾影自怜，她是一个非常张扬、高调和野性的乡村女子。她几乎不择手段地获得了与二锁的婚姻，二锁心里放不下的却还是初恋女子王小慧。这是一个现代的爱情悲剧。在这场爱情悲剧中，张红杏性格的悲剧性被塑造得淋漓尽致，读后让人唏嘘不已感慨万端。即便在秦锦屏为数不多的城市题材小说创作中，她依然注重人物性格的塑造。比如《老郎同志》，老郎是一个五十多岁的老同志，但他有男性共同的缺点，喜欢年轻漂亮的女子。那个一心想成名的青年演员青蓝找他写歌词，老郎虽然知道对青蓝来说这是一个"节约开支"的捷径，但依然为青蓝所吸引，他不仅不顾太太不断添茶续水的"监督"，忘记吸烟让烟灰烧了裤子，还失态地将烟火一头送进了嘴里。但是这些缺点和毛病没有掩盖老郎内心的朴素和善良。在现场直播给冰雪灾害受灾地区的捐款活动中，他曾三次上台捐款，很多人担惊受怕怕老郎话痨惹什么差错，可老郎没有任何不得体。他第一次捐的是老婆给的零用钱，第二次、第三次都是他现场向同事借的钱。这是一个带有轻喜剧色彩的小说，在幽默夸张的讲述中，老郎给人留下了深刻的印象。还有《拉手手，亲口口》中的侯满江，鬼使神差阴差阳错地失去了未婚妻子郭彩霞，一个创伤性的情感记忆几乎伴随了他一生。一个乡村憨厚又虚荣、卑微又倔强的农民形象入木三分地被刻画出来。两个时代两重天，时过境迁世道变了。两个截然不同的事件受伤的却是同一个侯满江。小说虽然充满戏剧性，但都是为了凸显和塑造人物。这一点秦锦屏确实有自己独到的体会。

总体说来，在文化差异性的比照中，写生活细节，写人物，写情感，构成了秦锦屏小说最重要的特征和叙事伦理。我们当然还不能说秦锦屏的小说已经取得了多么了不起的成就，但就她已经发表的小说来看，她对小说的理解不仅独特，而且十分正确。如果是这样的话，那么，我们就有理由对秦锦屏的小说创作深怀期待。

评郁秀的《太阳鸟》

留学生文学给我以深刻印象的，大概有台湾作家於梨华的《又见棕榈，又见棕榈》，20 世纪 80 年代去美国留学的查建英的《丛林下的冰河》，以及 90 年代初期的《北京人在纽约》《曼哈顿的中国女人》《我的财富在澳洲》等。这些不同时期的作品，极其鲜明地呈现出了留学生文学的"代际"距离。他们表现出的不同体验和情感，我们几乎很难寻找出其间的承传关系。在这个意义上，我不能不认同关于现代性的"断裂"解释。

在於梨华那里，那种"无根"感几乎是切入骨髓的，更重要的是，作者可以提炼出一代人共同的情感体验："书中牟天磊的经验，也是我的，也是其他许许多多年轻人的。他的'无根'的感觉，更是他那个时代的年轻人共同感受的。"到了查建英那里，留美学生"我"开始产生了矛盾，她仿佛处于两个世界的边缘：美国不属于她，尽管她生日那天可以得到一辆白色的汽车，而在国内，过生日时父亲只是揪了揪她的小辫子。但仍然有一种放不下又说不清、不能释怀的东西缠绕着她。她没有目的地回来寻找她想要的那个东西，结果还是大失所望。于是她不知道是应该留在美国还是应该留在中国。也正是这一矛盾心态的表达，使查建英的小说在那一时代的留学生文学中格外引人瞩目。但是，到了20世纪90年代，对"洋插队"进行疯狂叙事的留学生"文学"，则完全是另外一种面孔，它以夸张、张扬的方式所表达的弱势文化心态，以及在迟到的中国市场上捷足先登式的趁火打劫，使这些文本永远地休止于文学的门槛之外。那是特殊时期产生的扭曲了的所谓的"留学生文学"。

现在我们所要谈论的《太阳鸟》，并不是一部特别令人感到兴奋的作品。这部作品的问题是它的平面化，这可能也是作者的有意追求。她说："表现这一代留学生真实的心路历程和精神风貌，除了大刀阔斧的笔法，应该还有曲径通幽可寻。我力求用真切的心、风趣的笔，描述那些平凡真实的故事。我抛开许多大场景和一些庄严的话题，只想从情感的角度加以挖掘。我想在任何时候，任何地方，人们对美好情感的追求总是一致的，而这种美好的情感不仅维系着一个家庭，一个群体，也维系着一个民族。"但这种宣言并没有很好地贯彻到作品的具体写作中。在她的表述中显然也有"大叙事"的愿望，并试图通过"平凡真实的故事"得以实现。然而读过作品之后，我觉得除了陈天舒和她的朋友们关乎个人的情感忧伤或满足之外，其他就没有什么印象了。而这一感受同阅读於梨华、查建英的作品是非常不同的。我并不是说这两个作家就是评价留学生文学的一个尺度，而是说，读过她们的作品之后，心灵总会受到某种震动，那里总有一些令人感动的东西。它触动的是心灵深处的只可意会而又难以名状的东西。这就是作家的过人之处。《太阳鸟》可能缺乏这种有力量的东西，也就是撼动人心的东西。但有趣的是，从於梨华到查建英再到郁秀，留学生文学恰好走过了"痛苦——矛盾——解脱"的全过程。但是，这一叙事真的是留学生文学的福音吗？

《太阳鸟》这个作品命名就透露了它可能流淌在作品中的调子，它轻快、流畅，没有负担，这既传达了这代留学生的心态，同时也可以看作是"全球化"文化意识形态的后果。在作品中有一个令人不安的细节，那个名叫林希的青年，曾有过痛苦的情感记忆，她在国内与男友的同居，遭到了长辈的痛恨和诅咒。这一挫折是林希难以走出的心理泥沼，甚至最真挚的爱情也不能将她拯救。但是，是美国的观念拯救了她，是美国的观念使她拥有了"另一种活法"。"全球化"从本质上说就是"美国化"，而林希恰恰是在美国观念那里得到自我救赎。这一看似不经意的一个细节，却从一个方面表达了文化意识形态霸权不规则渗透的形状。因此，对《太阳鸟》的阅读我似乎有一种矛盾的感受，一方面我希望留学生能够写出超越意识形态、民族国家等"大叙事"的作品，写出独特的个人化的真实体会；另一方面，我又对纯粹的个人情感体验，对缺乏震撼力的作品有一种排斥的心态。这是批评家的问题，也就是作品中越是缺乏的，也正是他们越加挑剔的。批评家作为一个"特殊"的读者，他的看法仅仅是一家之言，在这个意义上就不是陈词滥调。但这部作品很可能会受到在平面文化氛围中成长起来的一代读者的喜欢，这不仅在于作者是《花季·雨季》的作者，更重要的是，《太阳鸟》提供了一种他们熟悉并乐于接受的叙事范型，这就是——生命不能承受之重。

从月拢沙到深圳

——评钟二毛的小说

钟二毛是 70 后作家。他从 2009 年写短篇小说，至今也不过五六年的时间。此前钟二毛写过长篇小说，但我们对此一无所知。据他自己说，他的这些长篇小说"写得很烂，烂得不堪回首，尽管出版商总觉得不错"。于是他才折回头来写短篇小说。他的《旧天堂》就是他此间短篇小说的结集。

《旧天堂》有一个集中的人群，他们都是从一个名曰"月拢沙"的村庄走出来的。这个名不见经传的村庄因钟二毛声名鹊起，因为在钟二毛看来，"月拢沙，就是中国。月拢沙的故事，就是中国故事"。钟二毛把他月拢沙的故事讲得如此重大，也并非是空穴来风痴人说梦。中国的问题，从某种意义上说就是农民问题、农村问题。特别是在城镇化进程不断加快的过程中，农民、农村的问题更加凸显出来。破败的月拢沙只剩下了

"两种人"——老人和孩子。而那些出走的人们也远非一走了之，他们出走之后，与故乡月拢沙仍然藕断丝连欲说还休。在这个意义上可以说，"月拢沙，就是中国。月拢沙的故事，就是中国故事"。这些短篇小说写的都是底层人——魔术师、棺材店老板、动物园饲养员、小城恶霸、接线生、偷书贼、独居老人、小姐等，但钟二毛对底层生活的认知和书写，已经超越了底层写作潮流的初始阶段，他的底层不是作家住在城里想象的底层，不是那种泪水涟涟苦难无边的底层，不是背井离乡生存无望的底层。在大变革时期，农民、农村问题的全部复杂性，农民心理和精神状况的全部复杂性，是一个远没有讨论清楚的问题。当然，小说不负有说明和论述这些问题的职责。但小说在呈现变革时期乡村和农民命运的时候，有责任和义务在更深刻、更有历史感的层面展开。在这一方面，应该说钟二毛做了积极的努力和有效的探索。

《死鬼的微笑》是一个非常惨烈的故事。丈夫是一个"蜘蛛人"，在一次清洗三十九层高楼玻璃时意外坠落死亡。妻子从月拢沙赶来处理意外死亡的丈夫的后事。如果按照通常的理解，这一定是一个让老板和有关部门头疼难缠的事情，是一个索赔和讨价还价的故事，但小说没有重复这样的思路。当老板说，她的丈夫工作时间接打电话，属于违规操作，责任自负，但公司还是给了六万元的补偿时，她没有任何纠缠，签了字拿着六万元钱就离开了公司。然后她住了最好的宾馆、吃龙虾、找了小姐。她要替丈夫享受一次他生前不曾享受的世俗"最好的生活"。特别是她找小姐时，将丈夫的照片立在床头。小姐离开时她跳下三楼自尽未遂，她自语着丈夫生前操心的家里的事情，安抚着丈夫，她说："你看，你看，这死鬼笑了。"这貌似荒诞的小说，却道出了生活最深层的辛酸和不幸。钟二毛从通常小说的终点写起，它的悲剧性更为深重。

《回家种田》写的是无家可归的状态。打工者成了一个身份不明的人。一个年轻人在家人的怂恿下从月拢沙来到深圳打工，在电子工厂做着机器人一样的工作，他像所有进城受挫的年轻人一样，乡下的诗意被再一次想象：

> 躺在床上，我又想起月拢沙里那些大片大片的田野。想起去年夏天，我和爷爷在一村老人、孩子的包围下，在泥土上留下脚印、对话和汗水。那些谷物被丢进机器里，瞬间出来白花花的大米。在昏暗的打米厂里，大米，是唯一发光的东西。
>
> 我想念去年的夏天，七月、八月。
>
> 但我又感觉自己似乎再也回不去月拢沙了。

我有什么理由回去呢。村庄里只容纳两种人：老人、孩子。

年轻人都被钉死在城市里面了。

百无聊赖他去了香港。因买的是普通票而误坐了头等车厢被关押，险些坐牢一年。因年幼无知初犯，被放了出来；想卖掉工厂代替工资的电子产品小音箱，又被城管驱逐。他只有回到月拢沙。但小说"补记"中："爷爷的第一句话是，田包给外地老板搞养猪场了，你这么早回来，搞什么卵子？"

这是一个寓言化的小说。主人公无家可归的处境是一个隐喻或象征，这个年轻人不是物理意义上的无家可归，作为生存空间的"家"还在，但他情感或心灵归属的"家"不存在了。这不是一个人的遭遇，这是所有离乡进城的人共同的情感遭遇。如果是这样的话，月拢沙的故事就是中国的故事。钟二毛的小说一直贯穿着这样的主题。《十三号》写了它的人物在短暂的几个小时中，一直在做着一个简单的梦："我"在寻找回家的路，要回到故乡，回到湖南大瑶山的月拢沙。可在梦里，"我"就是找不到方向。那些白白的，不是大马路，是干枯的河滩。人声鼎沸，火光冲天。"我"左顾右盼，眼看故乡就在眼前，却迈不出一步。《大雾》中从月拢沙出来打拼的满叔，最后疑似得了肺癌，这与北京的雾霾有关。但满叔体检后还是回了北京。我曾说过，现代性是一条不归路，城里再有难处有问题，但进城的外乡人已经没有退路。于是，一个历史的目的性与情感归属的悖论就这样产生了。这既是一个理论问题，同时更是一个现实问题。现代性铸就了这个矛盾，却没有准备好应对的方案。在中国，这个巨大的矛盾就这样矗立在我们的面前。

2013年第7期的《长江文艺》，发表了钟二毛的中篇小说《小中产》。小说发表后产生了一定的反响。这部小说的发表，也可以看作是钟二毛的创作从月拢沙走向深圳，从乡村走向城市的转型。城市化的进程，使中国很大一部分农民，一直走在从乡村到城市的路上。这个"在路上"，不是物理空间的平面挪移，也不只是从乡村到城市的群体迁徙，而是指这个群体动荡、不安和迷茫的心理状况。在我们看来，中国小说具有"共名性"的人物，很可能就产生在这条道路上。《平凡的世界》之所以受到广大读者、特别是青年读者的热情追捧，与孙少平、孙少安兄弟进城的道路和命运有直接关系。这样的小说用"成长小说"已经远远不能概括，它更联系着中国特有的国情及现代化进程。因此，评价这样的小说，更多地强调历史感的重要性是非常必要的。

来自底层的人群有诸多的不幸和困境。而城里的"中产阶层"也未必生活在天堂。按照小说的讲述和理解,"小中产":他们有工作,甚至在政府机关工作,是底层人羡慕的公务员。但为了房子、工资、孩子上学、调动工作等,他们假离婚、辞职、跳槽无所不用其极,但还是捉襟见肘甚至一筹莫展。小说的男女主角是一对青年夫妇,男的是报社记者姚奋斗,女的是市政府的一个科长柴美好。这本应该是一个让人羡慕的家庭,但小说一开始就是一场紧张的离婚,而且是假离婚。假离婚是来自售楼小姐的启发,办一个假离婚证,购房首付就只付三成,少收一半,银行睁只眼闭只眼就给贷款。当然,这只是小说矛盾的缘起。作为上有老下有小的家庭,按下葫芦起来瓢是正常不过的事。姚奋斗是一个有理想主义遗风流韵的青年,但他报道了市里医疗问题后,妻子柴美好的父亲——姚奋斗的老丈人的眼疾不能移植进口人工晶体。他还要报道学校教育问题时,校长找到了他,校长不动声色,四两拨千斤,只谈到姚记者孩子的年龄,姚记者就含糊了,因为他的孩子就要上小学了,高价买学区房,不就是为了孩子上学吗?公共资源就这样被校长变成了要挟的利器。然后是在调查水污染问题时,姚奋斗与保安冲突,保安肆无忌惮地抢走相机扔在地上,卡被没收,人被架走。报道没有发表,发表的却是污染厂家的广告。接着是假警察的恐吓,然后老婆柴美好也找来了,她是家具厂辖区的宣传部长。柴美好虽然支持了丈夫却失去了科长职务，被下放到街道。小说写尽了城市千丝万缕的关系网络，深陷其间方知险恶无限。姚奋斗因其一意孤行，与报社穆总关系恶化，辞职了。再就业是办"微力传播"，因难以为继解散了。姚奋斗不逆来顺受，他有原则有立场，辞职后也不是悲愤不已呼天抢地痛不欲生。他很潇洒，从容面对世事风云，有年轻人应有的自信和担当。但现实那些一地鸡毛的烦心事，使姚奋斗处处碰壁一筹莫展。小说写了社会矛盾和问题，但主体非常正面也很励志。

但是，这也是一篇有诸多问题的小说。问题不在小说本身，也不在于中国城市文化经验还没有形成带来的困难，而是作家对"中产阶级"理解的偏差。钟二毛自己说《小中产》直接面对中产阶级这个庞大的群体"。在他看来，报社记者、政府基层官员就是"中产阶级"。中产阶级一般是"以职业分类为基础，以组织资源、经济资源和文化资源的占有状况为标准"划分的。如果说年家庭收入在六万至五十万元之间，即可进入中产阶级的话，那么，姚奋斗和柴美好一定属于"中产阶级"。但是，中产阶级还是一个文化概念，这个阶级构建的文化以及他们的精神状况、与社会的态度和关系等，是一个看不见但又无处不在的存在。也正因为如此，美国的左派运动之父赖特·米尔斯和右派的精神领袖丹尼尔·贝尔，虽然因各自主张打得不可开交，但在批判中产阶级这一点上，他们联袂作战。在他们看来，中产阶级是一个对社会漠不关心的群体，是一个丧失了批判意识的群体，他们只关心自己。而且当下美国的新中产阶级，主要指那些城市白领阶层。而这个阶层又是一个典型的"无产阶级"，他们集中在不同的写字楼里"打工"为生，虽然衣食无忧，但因其依附性而完全失去了主体性和独立性。这个阶级是无所作为的。如果是这样的话，姚奋斗、柴美好就与这个阶级是无缘的。他们是当下城市的优秀青年，尤其是姚奋斗，他的担当和责任与中产阶级是无涉的。因此，《小中产》是一篇对中产阶级概念理解出了偏差的小说。如果不将这部小说挂靠在"中产阶级"的定位上，也许还不失为一篇好小说。

因此，在我看来，钟二毛写月拢沙的那些短篇，要远远好于他这篇写城市中产阶级的小说。道理很简单，钟二毛对乡村中国的了解，对农民在社会大转型时代遭遇的全部困境，不仅熟悉而且感同身受。那些支撑小说的全部细节是如此的真实和生动，那些人物鲜活得呼之欲出，那些语言既趣味无穷又毫不嚣张。但是，当他要实现"直接面对中产阶级这个庞大的群体"的勃勃野心时，他离自己的期许确实还有一段距离。因为这是一个先入为主的想法，而小说是不负有解决这些问题的功能的。小说要虚构，要想象，但它更要源于生活，特别是源于我们来自生活的切实感受。但我需要强调的是，钟二毛是一个让人期待的青年作家，他已经表现出来的小说才华让我们对他深怀信心。

由悲情向温暖的文学转变

——毕亮短篇小说印象

"打工文学"本来就是一个临时性的概念，它的主体性或对象化从来也没有说清楚。或者说，是打工者写的文学，还是写了打工者的文学，究竟哪种文学是"打工文学"？因此，将深圳新生代作家的文学称作"新生代打工文学"恐怕是有问题的，或者说，是否深圳后来作家的创作只能是"打工文学"？另外，"打工文学"已经不能概括深圳新生代作家的创作特点和经验，他们的文学成就已经超越了这个概念的内涵或外延。如果这个道理能够成立的话，那么，毕亮的小说是否是"新打工文学"已经不重要，重要的是，毕亮的小说相比早期同类题材作品究竟发生了哪些变化，这是我们所关心的。

毋庸讳言，早期与"底层写作"相关的小说，"苦难叙事"是受到诟病最多也是最大的问题。普遍的看法是，在"底层写作"的文学中，一直是泪水涟涟无尽的苦难，悲情讲述是其最初也是终极的叙事策略，底层人群生存的苦难永无出头之日。这个批评或不满确实有道理。如果小说只能处理到这个层面，那么，小说完全可以不必存在，因为小说解决不了底层人生存的困难，小说的作用在这个意义上远不如民政部门和社会救助组织。但是，到了深圳青年作家毕亮这代人，他们在表达底层人生存境况的时候，更多地注意到了这个群体的心灵和精神状况，这才是需要文学处理的。《铁风筝》是一篇情节曲折的小说，那里既有写实也有悬疑。小说的外部场景没有更多的变化，失明的男孩、失去丈夫的妻子、失去女友的单身汉、失去行动能力的父亲和悲苦的母亲，这些元素是小说的外部条件，它确实构成了苦海般的画面。但是，毕亮着意表达的不是这些。面对生不如死的杨沫，马迟送给杨沫的是具体的春风拂面般的暖意，那是马迟对杨沫失明的孩子张特发自内心的爱。这里不是英雄救美，也不是王子与灰姑娘。这里当然有马迟对杨沫的男人和女人的想象关系，但马迟的行为超越了这个关系，马迟是一个心有大爱的男人。小说情节扑朔迷离，但毕亮仍慷慨地用了较大篇幅讲述马迟与张特的见面和交往，尽管短暂却感人至深。

《外乡父子》写尽了一个男人的艰难，也写尽了一个男人对父亲的孝顺和对女儿的爱，也写尽了一个男人心理与身体的寂寞。外乡人与妻子离异，他打工也需带着无人照料的父亲，中风的父亲没有自理能力，但他会把出租屋和父亲收拾得干净利落。他唯一的念想是自己的女儿，当听到女儿要来看他时，他节日般的心情与平时的愁苦形成了鲜明的比对，他给女儿做木马玩具，和年轻的店主谈曾经的人生理想。后来他成了一个贼，被工业区的保安打得半死，打瘸了一条腿。然后他说要回广西老家看女儿，此前他说女儿在越南。小说不只是写这个外乡人"捉摸不定的神情"，这个神情的深处是他捉摸不定微茫的希望。内心的枯竭并非是《外乡父子》的写作之意，一个女儿的存在，临摹凡·高《向日葵》的设置，使一个无望的男人绝处逢生，使一篇灰暗的小说有了些许暖意。

《消失》讲述了一个失恋的男人。失恋后他每天能做的事就是喝啤酒，他只能生活在回忆中，生活在过去。他讲述的朋友的生活就是他自己的生活，后来寻出租屋的女孩在书柜发现的"马牧""杜莉"的情书证实了这一点。是什么让这个80后男人如此颓废和绝望？当然不只是失恋。没有了工作就没有了生活的前提，这是娜拉故事的男生版。房间里飘忽的那种味道应该是一个象征——那就是生活的味道，这个男孩的生活就这样烂掉了。但是，生活毕竟还要继续，新的爱情还会生长，这个房间的味道就会改变。

毕亮是近年来异军突起的青年小说家，他对留守儿童的书写，对城里外乡人的描摹，都给人留下了深刻的印象，他让我们看到了 80 后一代作家的另一种风采。值得注意的是，毕亮的小说极其简约，甚至有卡佛简约主义的风范，无论人物、场景还是故事。但这还只是技术层面的事情。我更关注的是毕亮对这个领域叙事倾向的改变，这就是由悲情向温暖的改变，由对外部苦难的书写向对心灵世界关注的改变。

"底层写作"，是近一个时期最重要的文学现象，关于这个现象的是是非非，也是近年来文学批评最核心的内容。这一写作现象及其争论至今仍然没有成为过去。在我看来，与"底层写作"相关的"新人民性文学"的出现，是必然的文学现象。各种社会问题的出现，直接受到冲击和影响的就是底层的边缘群体。他们微小的社会影响力和话语权力的缺失，不仅使他们最大限度地付出了代价，而且也最大限度地遮蔽了他们面临的生存和精神困境。也许正是因为这一状况的存在，"底层写作"才集中地表达了边缘群体的苦难。但是，过多地表达苦难、甚至是知识分子想象的苦难，不仅使这一现象的写作不断重复，而且对苦难的书写也逐渐成了目的。更重要的是，许多作品只注意了底层的生存苦难，而没有注意或发现，比苦难更严酷的是这一群体的精神状况。毕亮的小说从某种意义上改变了这个倾向。于是，底层写作在这种努力下就这样得到了深化，于我们来说，这毕竟是一个令人鼓舞的文学症候。

古今对话与戏剧冲突

——评话剧《庄先生》

2015 年 4 月 29 日,庞贝创作的话剧《庄先生》在深圳演出,受到了深圳观众的热烈欢迎。就我个人而言,应该说这是近年来看到的一出深感震动的话剧作品。就我有限的视野而言,我认为中国的话剧正处在一个十分艰难的时期——这不只是说在多媒体时代话剧受到了前所未有的冲击,同时优秀话剧原创剧本的稀缺,已经被话剧界普遍感受到。因此,在庞贝创作的《庄先生》出现之后,我大有喜出望外之感。

《庄先生》是一部四幕剧。春,古代庄周年轻气盛不愿为官,官府差役捉拿庄周,庄周诈死。庄妻信以为真,竟要劈开庄周取脑救情人。不想庄周"死而复生",妻子羞愧难当只好雨夜出走。秋,进入现代,因妻子出走没音信,考古学家"终身副教授"庄生难逃杀妻嫌疑。为解决教授职称,他不惜出卖自己的研究成果给楚院长，并在一次意外脑颅受伤后进入"濒死体验"状态。夏，回到古代，庄生看到了"另一个我"，即老年的超凡脱俗的庄周——庄周拒不出山为相，无奈中跳河逃亡头颅受伤。冬，重返现代，头颅受伤的庄生在医院醒来，春天失踪的妻子返家。深度失忆的庄生唯一的记忆就是当年与妻子的初恋——"死亡的诗意"充满了荒寒的浪漫。

这是一出奇崛的荒诞剧。庄周与庄生、田氏与田晓蝶、楚王孙与楚院长，都是"庄生梦蝶"的不同形式。角色也分别由同一演员扮演，古今角色的同一性和巨大差异，在戏剧舞台上几乎天衣无缝浑然天成。因此，这首先是一部"古今对话"的戏剧。弘扬传统文化，在传统文化中寻找新的艺术资源，是艺术界共同的梦想。在西方文化和艺术一统天下的时代，本土文化和艺术如何走出困境，实现同西方的真正对话，是困扰我们多年的难题。如果是这样的话，那么，《庄先生》在实现古今对话的同时，也实施了一次同西方话剧的对话。在本土传统文化中，儒家文化一直是主流，从汉代董仲舒"罢黜百家独尊儒术"开始，修身齐家治国平天下的儒家文化的正统地位，几乎没有被颠覆过。道家文化虽然也是传统文化重要的组成部分，但是，更多的是在士阶层或部分现代知识分子群体中被认同。但在剧中，庄周虽然秉承"安时处顺，逍遥自得"的处世原则，对出将入相却不屑一顾。庄周诈死，妻子即"移情别恋"，情节虽然出自"庄周试妻"，但其反讽的戏剧效果令人唏嘘不已。更有趣的是，现代的庄生"终身副教授"，一介书生矢志不渝地研究庄子三十年，并写出专著《庄子解蔽》，不仅书难以出版，甚至因囊中羞涩连住院费都捉襟见肘。这时，庄周的师兄，一个"掮客"式的人物孔方出现了，他不仅要为庄生解"区区一点住院费"的一时之难，同时还会将庄生"副教授"的"副"字去掉——办法就是在出版这部书稿时，将楚院长的名字署在前面。孔方当时就拿出了"三扎百元大钞"，并劝诱庄生忍辱负重去"舔痔"。一个终生追求自由、一心向学的书生，就这样求而不得。在庄周的时代，道法自然云游天下、特立独行天马行空是可以实现的；到了庄生的时代，虽然庄子的思想仍有巨大魅力，但庄子的思想和行为方式，已经成为一个只可想象而难再经验的过去。庄生无论如何痛不欲生，如何看重自己的学术生命，都于事无补。现实的问题是：他要缴住院费，要评教授职称。因此，古今对话本身就是一个巨大的荒诞和反讽——一个研究和信奉庄子的人，必须与庄子反其道而行之才有生存的可能。

四幕戏，先写庄周欲求自由，必先摆脱物欲；再写庄生面对现实困境欲求自由而不得；续写庄周悟真得道自由自在，再写庄生精神救赎获得再生。这是一个环环相扣矛盾叠加的过程，也是一个人物不断褪去枷锁获得自由的过程。在古今对话中，充分显示了编剧对中国古代文化的理解，对古老的传统文化实现激活和光大的自信和可能。

对于这样一个古老题材，如何实现其戏剧的艺术性，是一大难题。戏剧不是学术论文。学术论文可以在思想史的范畴和框架内，展开对庄子思想的研究和论述。但戏剧首先要构建戏剧矛盾和冲突。《庄先生》构思的奇巧，就在于时代、场景和人物的设计。古今时代的巨大差异，决定了庄周与庄生的差异。庄子虽然师承老子，但经魏晋南北朝的演变，老庄学说成为道家思想的核心内容。庄子其人被神化，奉为神灵：唐玄宗天宝元年（724）二月被封"南华真人"，所著书《庄子》，诏称《南华真经》；宋徽宗时被封"微妙元通真君"。由此可见庄周思想影响之深广。但庄生是一个现代书生。面对出走的妻子、难以应对的住院费用和"终身副教授"职称，要他再超然度外漠然置之，实在是太困难了。古今的矛盾是剧本预设的不可超越的矛盾。这是其一。

其二，是权力支配的矛盾。我们看到，四幕戏，变换的是人物和场景，未变的是权力关系，楚王孙与庄妻、楚院长与庄生，时代变了，但权力支配关系并没有变化。庄周尸骨未寒，但楚王孙可以利用他的权力和地位调戏庄周的妻子，而庄妻田氏也慑于王孙权力的淫威以及王孙的美貌与地位的诱惑，不仅从了王孙，甚至要劈开庄周的头颅去取人脑医治王孙的头疼疾病，人情冷暖昭然若揭。楚院长也因掌控教师职称生杀予夺和科研经费等权力，可以肆无忌惮地巧取豪夺，将庄生三十年的研究成果轻而易举揽入囊中。这种权力关系的呈现，在最深刻的意义上揭示了中国文化中的要害。儒家文化讲"万般皆下品，唯有读书高"，但必须学而优则仕。其间的诉求就是获得权力。权力支配的矛盾，是《庄先生》的隐结构，也是无处不在的戏剧冲突和矛盾。在这个意义上，这出戏剧又充满了现实批判性。剧本第二幕孔方出现后，他与庄生的对话，从一个方面以极端的方式表达了院校知识分子的状况：

　　庄生：别再鬼扯了……刚才你说"区区一点住院费"……

　　孔方：（略带尴尬）不过话又说回来……

　　庄生：说回来……

　　孔方：也就区区两个字，一个是"卖"，一个是"舔"。（走近庄生坐下，从包里取出一沓厚厚的书稿校样，用手拍打着封面书名）《庄子解蔽》！正本清源，惊世之作啊！两千年前的文字迷宫，他说万世之后必有人解，而今终于有了解密者！此人并非别人，就是我孔某人的小师弟！

庄生：（谦虚地）过奖，过奖……（酸楚地）点灯熬油这三十年，该牺牲的都牺牲了……

（孔方从公文包里取出三扎百元大钞，拍在庄生手边。）

孔方：这是预支的三万，说是预支，其实也就是全部了，你也知道，学术著作不好卖。

庄生：（感激地）谢谢，谢谢孔方兄。君子之交淡若水，关键时候真给钱。

孔方：这也是特例了，不是兄弟我说了算吗？我这副总编辑虽说只是个处级，说大也不大，好歹也是个官！你说是不是？嗯？

这场戏虽然有些漫画化，洋洋自得的文化掮客与酸腐的书生都未免夸张，但却从某一方面揭示了学院生活乃至学院政治最深层的疾患——一个处级的副总编辑，面对一个专家可以颐指气使盛气凌人，权力关系使知识分子难以建立起独立的思想空间，更遑论自由精神了。从庄周到庄生，是空间的转换，同时更是不同时代知识分子阶层精神面貌的比照。两千多年过去之后，这个阶层不是更加接近庄子，而是与庄子的距离更加遥远甚至背道而驰。此外，庄周路遇的尚未再嫁已有孕在身的小寡妇、信誓旦旦的妻子经不起一试等传统故事情节，也从一个方面隐喻了当下世风。因此，《庄先生》的现实批判性，是它深刻和力量的根本所在。

另外，《庄先生》语言生动精致，十分考究，不仅契合戏剧的时代背景和人物身份，同时，也是向中国传统语言致敬的仪式。或者说，荒诞、幽默的语言形式的探索空间，在汉语的范畴内还有许多可能性；在整体构思上，这是一出悲剧。最后失忆的庄生与妻子田晓蝶对初恋的回忆，舞台上飘飞的雪花、摇曳的芦苇荡和幻化的飞蝶，使剧情充满了荒寒中浪漫的诗意。古老的庄周、不那么年轻的庄生，重新焕发了青春的风采，一如当年。剧情复杂但意蕴更加丰富，为观众提供了无限的想象空间。因此，这更是一部荒诞和荒寒的戏，更是一部浪漫和诗意的戏。

建构深圳的城市之魂

——于爱成《深圳：以小说之名》序

    1980 年 8 月 26 日，全国人大常委会批准在深圳设置经济特区。从那时起，无数的特区开发者，因特区的魅力和无限可能性蜂拥而至。三十多年来，在这些开发者的努力下，深圳经济迅速发展，一跃成为中国的明星城市。其中，亦有无数文学家心怀梦想来到这里，他们先后创作了与这座伟大城市有关的作品。其中许多作品成为新时期中国文学的名篇，在为当代中国文学提供新的经验和元素的同时，更为构建深圳的城市之魂作出了卓越的贡献。一个城市无论经济怎样发达，无论物质生活多么优越，如果在文化和精神层面一贫如洗两手空空，它无论如何都不可能成为一座令人尊敬的伟大城市。圣彼得堡、巴黎、伦敦、北京、上海等城市，如果没有诞生与之相关的伟大作家作品，这些城市将会黯淡无光。因此，从某种意义说，伟大的作家作品，是一座城市的灵魂，温度，是它的心灵和精神的历史。于是这座城市才有了光。

值得欣慰的是，三十多年来，深圳不仅在经济上突飞猛进，成为中国改革开放具有象征意义的城市，同时，在某种意义上，深圳也成为一座名副其实的文学之城。三十多年来，深圳逐渐构建起了自己特有的文学经验和传统，培育了自己在精神品格、创作面貌上独树一帜的作家队伍；他们风格多样、观念各异的各种体式的作品，洋溢着这座年轻城市别样的风采。在这一特有现象的昭示下，文学评论家于爱成博士完成了这部《深圳：以小说之名》的专著。于爱成博士1997年来到深圳，在深圳生活了近二十年，这漫长的深圳生活，大多是与深圳文学、特别是深圳小说相关的。他在深圳作协担当了一定的领导岗位之后，"不仅在其位谋其政"，更重要的是，他以自己的专业眼光和个人兴趣，将精力几乎完全用在深圳小说的研究上。这部专著，就是于爱成多年来研究深圳小说的主要成果。就我有限的阅读而言，还没有见过如此系统和完备的关于深圳小说的研究著作。

深圳虽然历史不长，但于爱成在结构这部专著的时候，尽量凸显它的历史感。比如，他不仅注意到早在1980年年底，深圳特区成立伊始，作家陈俊年即抵达采访，目睹了这块土地上从偷渡成潮到创业者源源不断的一瞬间，1990年，特区成立十周年前夕，他写出了精彩的回忆文字《深圳初夜》。1983 年，叶君健应邀访问深圳，写出《蛇口一日》；陈国凯创作出以袁庚为原型和蛇口开发区为背景的长篇小说《大风起兮》；朱崇山创作了以梁湘为原型的长篇小说《鹏回首》，谭学良担任了第一任深圳市作协主席，韦丘、伊始等参与创办了《特区文学》。这是深圳文学草创的时期。深圳文学逐渐形成规模和影响，是刘西鸿、谭甫成、石涛和梁大平的"现代派四大圣手"。他们的《你不可改变我》《小个子马波利》《大路上的理想者》等作品，引起了全国性的影响；然后是"五朵金花"乔雪竹、李兰妮、彭名燕、黎珍宇、张黎明等的创作，"五朵金花"曾名重一时芳名远扬；深圳的"打工文学"无论命名是否准确，但它已经成为深圳文学某一方面的代表则是不争的事实，其影响至今犹在。这些"团块"状的文学命名固然有弦外之音，但其深圳特点是其他城市文学所不具备的倒也无可争议。我更感兴趣的事不在于爱成对深圳文学的线性处理，而是他对具体作家作品的分析和评论。事实的确如此，每一个作家都是非常不同的，我们之所以要做诸多的文学命名，只不过是为了讨论问题的方便，命名有了通约关系，才会明确讨论对象。如果是这样的话，命名本身也无可厚非。

在对具体作家的评论上，于爱成的优点是注重文本分析，力求持之有据言之有理。他无意于西方概念或学院理论的辨析缠绕，而是用近乎散文化的评述，在雅俗共赏中将所论对象既说得透彻又平实素朴。作者的这一追求理应得到支持，其文风尤其值得夸赞。比如他对邓一光《你可以让百合生长》的评论：

> 如果从纯文学的角度解读，这个作品会让纯文学家们挑出刻意为之的漏洞，除了匪夷所思，初一看还落入"一树梨花压海棠"的嫌疑，青春期问题少女、弱智但天赋异禀的哥哥、貌美的舞蹈女演员、才华横溢的男指挥家、不可救药只在背景中出现的吸毒的父亲、窝囊但善良的母亲、真情守候但无望的婚姻、鸡奸、同性恋，"屌爆"之类若干新新人类网络流行词汇等等，这些配方，应有尽有，都是畅销小说和室内剧的故事元素，怎么组装了这样一部中篇小说？但实际上，就是这些配方，实现了这个作品生命的蓬勃而非不堪。邓一光就有这样的本事。他用的是一个障眼法——小说是让人看的——通过小说的炼丹术，借力打力，完成了一个叙事的"阴谋"，虚实的圈套，赋予了故事以新的生命——这样的组装，竟然产生了意义，产生了深刻。不能不说这是邓一光的一个超越。

这样的发掘，我想作家本人也会认同吧。再比如他说："李兰妮是另外一个意义上的史铁生。但她活得比史铁生更辛苦，更煎熬，更惨烈。李兰妮的《旷野无人》，也比史铁生的《我与地坛》《病隙碎笔》更多'抉心自食，欲知本味'的直面和决绝。"这样的知人论事，作家也会感到温暖。深圳的小说已经成为中国文学经验的重要组成部分，而它的独特性，又从一个方面确立了中国文学的多样性。因此，恰当、认真地总结、评价深圳小说，也是在某一方面总结、评价中国的当代小说。

另外，特别需要指出的，是于爱成这部著作对同代研究者成果的尊重。这一点非常不容易。事实上，了解同代研究者对深圳文学的评论状况，是确立自己研究的重要参照。即便是有所超越，也需要参考他们的意见。于爱成的这一文风尤其值得提倡，他是对"文人相轻"风气的修正和实践。

我稍感遗憾的是，深圳也是一座伟大的诗歌城市。徐敬亚、王小妮、吕贵品、杨争光、孟浪、杜绿绿、东荡子、何鸣等，都是国内重要的诗人。他们有的甚至掀起过中国重要的诗歌运动，给当代诗坛带来过重要影响。于爱成当然写的是"小说深圳"，我想，如果于爱成有机会研究深圳的诗歌，为深圳诗歌树碑立传，那就锦上添花了。诗歌，更与人和城市的魂灵有关。

当然，这只是我的一孔之见，供于爱成参考而已。

　　总之，这是一部实事求是、对深圳文学有大爱之心的专著。相信专著的发表，对建构和积累深圳的文学经验，构建深圳的城市之魂，将会起到积极的推动作用。

培育深圳的文化之根

——贺江编《突然显现出来的世界——薛忆沩作品评论集》序

　　深圳职业技术学院深圳文学研究中心，策划设计了一个规模宏大的项目，即张克教授领衔主持的"改革开放四十年深圳文学的史料整理与综合研究"。这是一个复杂又有难度的开创性工作。我们知道，深圳建市只有四十年的历史，是中国最年轻的明星城市，改革开放的历史，就是深圳的历史。四十年来，深圳城市面貌的变化和经济的巨大发展，堪称世界奇迹，城市规模和知名度已与北京、上海、广州齐名，"北上广深"是中国国际大都市的另一种表达。因此，深圳的经济和物质奇迹，已经得到了充分的评价和肯定。另外，深圳的改革开放是伴随着它的文化一起发展的。或者说，深圳的发展变化，一直被不同的文艺形式和文学形式在书写。我曾在评论邓一光的深圳题材小说的文章中说过，一座有故事的城市就像一个有故事的人一样，充满了魅力或新奇感。此前，我在彭名燕、曹征路、薛忆沩、盛可以、吴君、蔡东、谢宏、毕亮等不同年龄作家的笔下读到过不同的深圳。他们不同的感受和描摹使深圳变得迷离又清晰——说它迷离，是因为深圳的五光十色乱花迷眼；说它清晰，是因为有无数个具体形象的深圳场景和人物。因此，梳理、整合、积累深圳的文艺和文学的史料和研究，就是在培育深圳的文化之根。

薛忆沩是当代著名的小说家。其教育背景非常独特，他是工学学士、文学硕士和语言学博士，曾任教于深圳大学文学院。丰富的教育背景，使他获得了观察世界的不同角度和方法。他二十四岁就出版了长篇小说《遗弃》，被评为2012年深圳读书月"年度十大好书"，可以说是少年成名；此后，陆续出版了《白求恩的孩子们》（台湾版），《一个影子的告别》（台湾版），小说集《流动的房间》《不肯离去的海豚》，"深圳人"系列小说《出租车司机》（2013年"中国影响力图书奖"）和"战争"系列小说《首战告捷》（2013年《南方都市报》"年度好书"）；随笔集《文学的祖国》《一个年代的副本》和《与马可·波罗同行——读〈看不见的城市〉》等。特别是他的"深圳人"系列，是薛忆沩观察、体悟和书写深圳的重要作品。通过他的书写，不仅让我们认识了另一个不同的深圳，丰富了深圳的城市和人的形象，同时也让我们有机会认识了薛忆沩对深圳独特的表达和想象力。

薛忆沩的文学成就，引起了批评界广泛的注意，他被青年批评家徐刚称为"最迷人的异类"。命名也许不重要，但通过贺江选择的文章我们看到，从林岗、残雪、何怀宏到王春林、申霞艳、于爱成再到胡传吉、林培源、贺江等，在场的不同代际批评家和作家，从不同的角度对薛忆沩的创作进行了研究和评论。其中，既有总体性的评论，比如胡传吉的《薛忆沩小说：灵魂的叙事，精神的审美》，认为"薛忆沩的灵魂世界，复杂而丰富。他的思想资源主要来自西方哲学，存在哲学对他的影响甚大，但他并非用西方哲学来套写中国。薛忆沩的小说对历史虽尽可能地不着痕迹，但不难看出他对中国近现代历史有相当程度的了解"；也有具体微观的评论，如林岗教授认为"薛忆沩写小说认真程度的最小单位是词，恰好和语言的最小单位是一致的。当然一个词出现在叙述里不仅仅意味着句子和段落，也意味着细节、意指，也存在叙述功能的作用。但所有这些艺术上的功能，都要通过词来实现，也就都可以归结为词的精巧运用"。无论是总体还是具体的评论，都从不同的方面阐释了薛忆沩小说创作在当下文学创作格局中的独特贡献。读者和研究者可从这些已有的研究成果中，进一步了解薛忆沩的小说世界。薛忆沩是一个重要的作家，对深圳而言尤为重要。通过对薛忆沩文学研究和评论的整理，进而推动深圳文学创作和批评的不断深入，是构建深圳文化灵魂的一部分。一个城市有了灵魂才会更有魅力，更有光彩。巴黎、伦敦、布拉格、彼得堡、北京、上海等大都市，它们的魅力不仅是五光十色的灯红酒绿或耸入云天的摩天大楼，更是因为那里集聚了人类引以为荣的文学大师，他们创造了人类的文学艺术的瑰宝而被命名为"文学之城"。

"深圳文学研究文献系列"，是一个大项目中的子项目，而《突然显现出来的世界——薛忆沩作品评论集》，是这个子项目中一个具体的项目。编者贺江博士是一位青年批评家，他对当代文学特别是深圳文学不仅持久关注，而且已经取得了一定的研究成果。尤其他对薛忆沩小说创作的深厚兴趣，在读书期间和教书过程中，都曾与薛忆沩的小说不期而遇，并发表过研究薛忆沩的文章，这些都说明了贺江是编选这个选本合适的人选。通过阅读选本的文章，我觉得贺江很好地处理了这样几个问题：第一，选本即批评。无论是创作还是批评的选本，都是批评的一种形式。中国有选本的传统，《昭明文选》《古文观止》《唐诗三百首》《新文学大系》等，都是选本；选本有选家的标准，合乎标准的才能入选；选择过程就是批评的过程。对于专业而言，不同的选家有不同的标准，见仁见智。但优秀的选家还是可以得到普遍认同的。因此，选本是有难度的。第二，选本要合宜。

这是从"批评要合宜"演绎来的。我认为从事批评就要说真话。这一点在今天尤其难做到。"合宜"的批评最难能可贵。合宜就是不偏不倚不高不低。但我们今天看到的情况恰恰是就高不就低，尽量往大了说，往高了说，这是批评普遍的风气。能在这种风气中坚持"合宜"，就是好批评家。贺江在编选的时候，显然是有深入考虑的。他将薛忆沩的研究和评论，分为"作家总论""城市之声""文本之魅""主题之语""叙事迷宫"等不同范畴。这一编排本身就是研究和批评。既有贺江的包容性，也体现了他的洞察力。《突然显现出来的世界——薛忆沩作品评论集》，在集中展示关于薛忆沩创作研究总体成果的同时，也会比照、矫正关于薛忆沩创作研究的一些问题。因此，贺江的选本，往大了说，是为构建深圳的文化之魂做了一个切实的工作，往小了说，是对薛忆沩创作研究评论的一次总结。总结就是为了汲取经验和教训，是为了把薛忆沩和深圳文学的研究评论提高到一个新的水准。因此，总结就是新的起点。我相信这个选本一定会起到这样的作用。

是为序。

城市深处的魔咒与魅力

——评须一瓜城市题材的小说创作

　　乡村文明的崩溃与新文明的崛起，是这个时代最为明显的文化症候。作为现代文明表征的都市，像魔咒一样吸引着来自四面八方的外乡人。外乡人不知道城市是什么，他们只知道城市在吸引着他们。于是，不同的人群涌入城市之后，一种尚不明确的文明形态就这样被不断地塑型。没有蓝图也没有目标，因此也没有人知道今后的城市将会怎样。我们不知道今后的城市，但在须一瓜的小说中，我们却部分地看到了当下的城市：在越来越光鲜的外表后面，城市的另一副面孔被不断地呈现出来。当然，城市只是须一瓜展开故事的环境或背景，她着意书写的还是城市生活和人性的丰富性和复杂性，她着意挑战的是文学的"不可能性"。因此，须一瓜的小说大都迷宫般地扑朔迷离乱花迷眼。读她的小说在很大程度上是一种智力的较量。

须一瓜在 20 世纪 80 年代中期就开始了小说创作。但她真正成名还是在新世纪。具体地说，2003 年对须一瓜至关重要。这一年她因个人的创作成就获得了"华语传媒文学大奖·年度最具潜力新人奖"。授奖词说：

> 须一瓜的小说是 2003 年度最为生动的文学景观之一。她在该年度发表的《淡绿色的月亮》《蛇宫》等优秀作品，清晰地为我们描绘出了她复杂的写作面影，并由此展现出她灿烂的未来。她深厚的写作积累，丰盈的小说细节，锐利、细密的叙事能力，使她得以洞悉生活路途中那些细小的转折和心碎。她重视雕刻经验的纹路，更重视在经验之下建筑一条隐秘的精神通道，使之有效地抵达现代人的心灵核心。她的写作如同破译生活真相，当饰物一层层揭开，生活的尴尬图景就逐渐显形，在她的逼视下，人生的困境和伤痛已经无处藏身。须一瓜把写作还原成了追问的艺术，但同时又告诉我们，生活是禁不起追问的。

这一评价，从一个方面肯定了须一瓜的小说创作，她当之无愧。十年过去之后，须一瓜已经成为一个相当成熟的作家。

她一直坚持对城市的书写，一直对"荒诞感"兴致盎然情有独钟。她的小说总是带有巴赫金意义上的狂欢意味。《地瓜一样的大海》《第三棵树是和平》《回忆一个陌生的城市》《淡绿色的月亮》等，在叙述上有一贯的独特追求，特别是后叙事视角的方法，为中篇小说艺术上的突破带来了可能。须一瓜城市题材的小说写得复杂，阅读时需时时用心，假如错过某个细节，阅读过程将会全面崩溃，或者说，遗失一个具体的细节，阅读已经断裂。另外，须一瓜的小说还有明显的存在主义的遗风流韵，她对人与人之间的难以理解、沟通和人心的内在冷漠麻木，有持久的关注和描摹。《第三棵树是和平》很像是一篇雾里看花的小说，它有精密的细节构成的内在逻辑。犯罪嫌疑人发廊妹孙素宝的杀夫案似乎无可质疑，她年轻漂亮却无比残忍，她的杀夫与众不同，她肢解了丈夫，而且每个切口都整齐得一丝不苟，就像精心完成的一个解剖作业。法官对这样一个女人的不同情顺理成章。但年轻的法官戴诺却在办案过程中的细微处发现了可疑处，这个备受摧残的女人并不是真正的凶手，她是一个真正的受害者：不仅在日常生活中她没有尊严，即便在丈夫那里她也受尽凌辱。丈夫被杀后她被理所当然地指认为杀人凶手。但通过一个具体的细节，法官发现了真正的案情。小说虽然以一个女性的不幸展开故事，但它却不是一个女性主义的小说。它是一个有关正义、道德、良知和捍卫人的尊严的作品。对人与人之间缺乏怜悯、同情和走进别人内心的起码愿望，作家表达了她挥之不去的隐忧。须一瓜的小说中确实经常出现女性，但她并不是一个"女性主义"者。她自己曾经说过："在我看来，一个成熟的作家，或者说一个手艺很好的作家，应该是中性的。他能渗透——准确渗透到不同性别、不同年龄身份的角色里面，性别、处境、年龄不应该成为障碍。否则没办法写好小说。对于我，如果读者通过作品，无法断定须一瓜是男是女，我把它理解成一种表扬。"事情的确如此，通过她的小说我们可以认为，面对男人女人共同面临的问题，女性问题还没有解决的优先权。

《回忆一个陌生的城市》，有须一瓜一贯的后叙事视角，没有人知道事情的结果甚至过程，即便是当事人或叙述者也不比我们知道的更多。于是，小说就有了与生俱来的神秘感或疏异性：因车祸失去记忆的"我"，突然接到了外地寄来的自己多年前写的日记，是这个日记接续了曾经有过的历史、情感和事件，最重要的是1988年9月我制造的那起"三人死亡、危及四邻的居民区严重爆炸案"。"我"决定重返失去记忆的陌生城市调查这起爆炸案。当"我"置身这座城市的时候，"我"依然断定"是的，我没有来过这里"。这注定是一次没有结果的虚妄之旅，荒诞的缘由折射出的是荒诞的关系。一些不相干的人因这起事件被纠结在调查的过程中，但彼此间没有真正的理解和沟通，甚至连起码的愿望都没有。对都市超级现代生活的向往，曾是我们并不遥远的一个梦。当这个梦境已经兑现为现实的时候，我们陡然发现，现代都市生活并不是天堂。存在主义的遗风流韵和荒诞小说的叙述魅力，在《回忆一个陌生的城市》中再次得到呈现。

须一瓜的小说不仅荒诞，同时也有悬疑。《大人》一改往日风范，小说以童年视角再现了并不遥远的历史。那是一个充满激情和动荡的时代，空气中弥漫的都是革命的气息。但孩子们的内心却是无边的寂寥和无助，没有人走进他们的内心，没有人真正愿意关心他们。童蓓的美丽、畸形的手臂和寂寥的内心，与那个革命的年代形成了巨大的反差。她渴望被理解和关注，当她被大人忽视甚至略去的时候，是小弟亲吻了她畸形的手臂。那一刻无论于童蓓还是我们，该是怎样的触目惊心都不为过。另外，革命像战争一样，总有一些心怀叵测的人，被压抑了的欲望随时可以极度膨胀。于是，"大人"对童蓓的侵犯并没有因为革命时代而收敛或节制。"革命"伤害了孩子的身心，他们受到的是灵与肉的双重迫力。最后这个孩子不得不远走他乡，让人感伤不已。对那场革命的认识还没有成为过去，"大人"

制造的这一切给孩子带来的创痛从来也没有被关注。但《大人》正是在这个边缘区域发现了尘封经年的疤痕，却原来，那一切并没有消失在历史深处。在写法上相似的还有《火车火车娶老婆没有》。小说以一个交通警察与一个摩的司机的较量作为叙事主线，展示了法律与人伦之间的某种困境。面对私自拉客的摩的司机童年贵，"我"不只一次地试图予以惩罚。但是，随着调查的不断深入，童年贵不得已而为之的艰难逐渐呈现在我们面前，也将"我"引入了道德与法律的两难之地。小说题材的奇崛和对人物的塑造显示了作家的想象力和虚构能力，一个法律的边缘人物与警察的碰撞以及对小说气氛的营建，令人叹为观止。

另外，须一瓜一直在寻求小说的变化。比如《莴萝》，开篇就令人震动不已，父亲的去世居然让女儿欣喜。在小冈的讲述中我们看到了父亲王卫国的形象，在父亲那里我们看到了女儿的童年，他是女儿小冈的痛苦之源。父亲的离去才是女儿新生的开始。新生不是过去的"弑父"故事，其背后隐含着更为惨痛的普遍性生活。小说融悬疑、写实、象征于一体，构思奇巧，立意奇崛。而短篇小说《国王的血》，看题目会以为是一篇惊悚恐怖小说。小说在类型上与惊悚恐怖无关，但内在的人物关系或情感关系的确又与惊悚恐怖有关。这是一场意外的交通事故，没有驾照的小庆在一场酒会后开车送所有醉酒的同事时，酿成了一起恶性车祸，他不仅要负刑事责任，还要承担巨额经济赔偿，被房贷压得透不过气的家庭雪上加霜。虽然有母亲、奶奶的疼爱，但不能改变的是父亲制造的阴霾般的家庭气氛，难以承受的小庆最后割腕自尽。这是一篇"逆向"的弑父小说，尽管死去的不是父亲，但小庆的死亡从伦理的意义上杀死了父亲。小庆精心培育的那株黑郁金香在小庆死去时盛开怒放，以象征和隐喻的方式祭奠了弱小和善。须一瓜的小说一向讲求叙事技法，《国王的血》用交错叙事营造的小说整体氛围，一如下了千年的雨，亦如严冬紧缩的湖。

多年来，中短篇小说曾是须一瓜的主打文体。《太阳黑子》应该是她的第一部长篇小说，依照她的经验和积累，对这部长篇处女作我们深怀期待。这是一部险象环生的小说，是一部关于人性的善与恶、罪与罚、精神绝境与自我救赎的小说，是一部对人性深处坚韧探询执著追问的小说。在人性迷蒙、混沌和失去方向感的时代，须一瓜借助一个既扑朔迷离又一目了然的案件，表达了她对与人性有关的常识和终极问题的关怀。一桩灭门的惊天大案，罪犯在民间蛰伏十四年之久。但须一瓜的兴趣不是停留在对案件的侦破上，不是用极端化的方式没有限制地夸大这个题材的大众文学元素，而是深入到罪犯犯案之后的心理以及在心理支配下的救赎生活。杨自道、辛小丰和陈比觉犯的是奸杀灭门罪。他们犯罪的因由并不复杂，罪犯辛小丰后来回忆说："阿道带我们去水库钓鱼，要回来的时候，我们看见了山下一幢小别墅，比觉很好奇想下去看。下去后阿道被院子里的黑色凌志车吸引，我们进了院子，我又被屋子吸引。我从后门进去的时候，那个女孩湿着长发，赤裸着刚走出浴室。可能是地上湿，她滑了一下，抓着墙，那个姿势，让我彻底失控了。我毫无经验，不知道她心脏病突发，我很野蛮疯狂。我不能理解她怎么死了。比觉、阿道进来的时候，已经发生了，我们想跑，可是她外公进来了，不能让他看见，只好掐住他，她外婆又进来了接着是她父母。我们没有一点时间退出，越陷越深。"无论出于什么样的理由，这都是一桩罪行滔天的命案。犯案之后他们亡命天涯。逃亡隐匿的过程，也是他们力图洗涤罪恶心灵自我拯救的过程，是他们悔不当初竭尽全力补偿罪过的过程。他们分别做了协警、的哥和鱼排工，并收养了一个在犯案同一天出生的弃婴"尾巴"。十四年的时间，他们不曾婚娶、形同一人，他们做了许多好事，为了医治"尾巴"的心脏病共同竭尽了努力。对罪犯这种心理分析和表达的视角，显示了须一瓜的与众不同。她从事"政法记者"多年，积累了深厚的我们不曾了解的这一领域的独特经验。但是，重要的不是她对一个充满了奇观和隐秘角落的展露与揭示，不是为了满足我们的好奇心。她涉足这个领域除了文学的考虑之外，更着眼于当下的精神状况或世道人心。与这三个逃亡者形成比照的是他们的房东卓生发。这是日常生活中常见的普通人，他阴冷、自私、目光短浅、心理阴暗。他眼见自己的妻儿、岳父母葬身火海而不救。他虽然也有愧疚，但没有触犯法律，因此，他的自我疗治的方式就是发现和窥探别人的隐秘或恶，以证明这个世上所有的人都比他更恶。他将窃听装置放到了的哥和"尾巴"的房间，最终告发了他们。不同的是处在法律两界的不同心理和人性，在逃亡者这边："十几年过去了，警察一直没有出现。这个惊悚一方的强奸灭门大案，在他们逃离家乡、阻断老家信息后，真的越来越像个梦境。但随着时间推移，这个希望是梦境的现实，却在他们自己的记忆里越来越鲜明越确凿。比觉有次醉后痛哭，说，我的头上发凉啊，那柄剑、那柄从天而来的达摩克利斯之剑，就在我头上，越来越近了，我感到它的剑锋了，我头皮凉飕飕，我的头发都竖起来了，你们就没有感到吗？"罪恶感从来也没有从这些人的心头消失。他们不是惧怕真相大白，也不是惧怕死亡。他们甚至是在等待这一天的到来。而卓生发这个一直祈望神的宽宥的人，在伊谷夏看来却是："你从来就没有光明磊落过，你没有责任感、不敢担当，没有牺牲精神、没有勇气也没有人心美好的真情！除了挑剔别人，热衷发现别人的恶，你什么都没有！我就是来告诉你，你是好人，阴暗的好人，到处都有你这样阴暗的好人，而我一直讨厌你！"这里，须一瓜提出了一个极为尖锐和挑战性的问题：我们究竟如何判断罪犯的人性、如何认识那些在日常生活中滋生肆虐又与法律无涉的仇恨心理。这两种人性都因隐秘而咫尺天涯，罪犯的心理是一个独特的领域，需要专门的知识；但卓生发的心理却与民族劣根性和当下的精神生态不无关系，只要我们敢于面对自己的内心稍加检讨或审视，经得起的大概没有多少人。这就是须一瓜的眼光：一如利刃划过皮肤。文学是观念的领域，但文学首先是文学。《太阳黑子》作为小说，须一瓜一直贴在边界上行走。它的叙述极为特殊：三个犯有弥天大罪的人，就这样每天在众目睽睽下生活，每天与警察、警察的妹妹以及芸芸众生打交道，近在咫尺的边界随时有穿越的可能，我们就像观看一部电影，没有秘密可言。但这个边界在规定的时间内又固若金汤：两个人群表面上就这样相安无事又洞若观火地平行前进。这个设置一方面为逃亡者隐秘的灵魂和人性的展现提供了充分的时空；另一方面表面的平静下掩盖着激烈的对决，它的路向不断在变化。在伊谷夏看来："太奇怪了，这三个人非常要好，好得超出外人想象。我是说，那种彼此的眼神，比亲兄弟还贴心。其实，鱼排那个，骨子里也很有教养，虽然没有老头通透，但也绝不像房东说的那么冷酷可怕。对我来说，他们实在都太聪明、太引人入胜了；辛小丰你最清楚了，眼神很干净。他们对'尾巴'的爱护，看了我都想哭，那是男人内心最美好的真情。你看，走马灯一样，我见了那么多谋婚的对象，还有五湖四海的客户，我还是觉得，他们三个人最特别。你看这大街上，随眼看去，这些都是什么男人啊，自私自利、猥琐、无趣、自以为是、贪婪自大，眼神不是像木头就是像大粪。这些人啊，开着名车，你立刻不想要那名车了；他浑身是钱，你立刻觉得原来钱多也没意思；这些人成了名流贤达，你立刻觉得名望原来都是垃圾箱啊；这些人……"；但在哥哥伊谷春看来："他们这种关系，也许是共同经历了一件事，那件事可能生死难忘，非常美好或者非常惨烈，所以他们才会形同一人。你等着看吧，谜底会揭开的。"这两种不同的判断都是真实的。在伊谷夏那里，她经验和看到的"的哥"杨自道因高尚而迷人，她居然热恋上了他，甚至不惜冒着风险为他篡改了一张作为重要证据的照片的日期。特别是在杨自道临刑时两人的诀别，更是感天动地。一个花季的青年女性如醉如痴地爱上一个罪犯，恰恰表明的是她对生活中某些方面的拒绝；作为警察的哥哥凭着职业的敏感，一直在秘密侦查，特别是对他的助手辛小丰。但在具体处理上，伊谷春、伊谷夏和三个逃亡者的情感关系极端复杂，他们既在边界两侧，又不是水火难容。人性的复杂性在那里的纠葛或纠缠，在须一瓜的笔下得到了充分展现。这不是对分寸的拿捏，它是须一瓜对当下人性和世道人心一眼望穿的自信，以及在表达上以求一逞的自我期待。这一点她是实现了。在结构上，《太阳黑子》是开放性的，就像一部电影，一切都在眼前没有秘密，与其说我们在"窥视"，不如说我们在等待，等待一个我们不知所终的时刻；但在叙述上它又是极为严密的，卓生发的告发以及警察哥哥的缜密侦查，在交会处水到渠成。于是，小说就这样将悬疑、神秘、窥视、有惊无险等诸多元素融会在一起，使我们的阅读起伏跌宕欲罢不能。多年来，大众文学一直在向严肃文学学习，包括技巧也包括价值观。但严肃文学多年来对大众文学不置一词不屑一顾，这是不对的。事实上，大众文学的可读性元素只会增强严肃文学的可读性，而不会伤害严肃文学对意义和价值的探寻。《太阳黑子》对大众文学元素的借助，也使这部小说在形式上具有了探索性。

她新近的长篇小说《白口罩》，以一场"疫情"作为背景，通过"白口罩"这一象征之物，将社会众生相、社会风气、社会流弊以及在危机时刻各种人的心理，作了形象而深刻的描摹和检讨。异常疫情的出现，首先是人们的自我预防。但是由于信息的不确定，人们心里的恐慌可能比疫情更具危险性：它不仅加剧或放大了疫情的严重性，而且也使未作宣告的、潜伏已久的人与人之间的不信任感和责任的缺失浮出了水面。另外，每个人在问题面前似乎都可以质问、推诿，而担当本身却成了一种被悬置的不明之物。如此看来，《白口罩》既是一种对社会缺乏信任的揭示，也隐含了她对人性询唤的良苦用心。

须一瓜的小说基本以都市背景展开故事。都市既是魔咒也魅力无穷：那荒诞不经的人与事，就这样亦真亦幻地展现在我们面前。作为现代化表征的都市，却如此的匪夷所思；但作为艺术表现对象，它又充满了成为小说元素"不可能性"的取之不尽的丰富源泉。对都市的爱恨交织，就这样统一在须一瓜的小说创作中。可以说，面对都市生活的不确定性和不规则的形状，须一瓜提供了都市生活书写的重要范型。她是我们正在积累的都市文化经验的一部分。而她含而不露的都市批判立场，显然也是应该得到支持和赞许的。

城市日常生活中的光与影

——新世纪文学中的魏微

　　魏微的小说——特别是她的中、短篇小说，因其所能达到的思想的深刻性和艺术的殊异性，已经成为这个时代中国高端艺术的一部分。魏微取得的成就与她的小说天分有关，更与她艺术的自觉有关——她很少重复自己的写作，对自己艺术的变化总是怀有高远的期待。从 1998 年《乔治和一本书》开始，《在明孝陵乘凉》《情感一种》《夜色温柔》《姐姐和弟弟》《寻父记》《到远方去》《储小宝》，一直到《大老郑的女人》《石头的暑假》《化妆》《家道》等，每篇小说都有变化。这个变化不仅是题材、结构或修辞，同时也包括小说内在的旋律、情绪、色彩或声音等。这些变化就是感染我们的不同方式。

　　《化妆》是魏微的名篇，它一发表就好评如潮，连续获奖。从发表至今已经多年过去。在淘汰和遗忘不断加速的时代，一个作品能够经受五年的检验不是一件简单的事情，多年来我们忘记了多少作品已经不能记得，但我们记住的作品实在有限。《化妆》是我们记住的作品之一。多年后《化妆》不仅仍然经得住重读，而且可以判断它是多年来最好的短篇小说之一。《化妆》由三个跳跃式的段落结构而成：十年前，那个贫寒但"脑子里有光"的女大学生嘉丽，在一家中级法院实习期间爱上了"张科长"。张科长虽然稳重成熟，但相貌平平两手空空，而且还是一个八岁孩子的父亲。但这都不妨碍嘉丽对他的爱，因为嘉丽爱的是"他的痛苦"——是"谁也不知晓的他的生命的一部分"。这个荒谬无望的不伦之恋表达了嘉丽的简单或涉世未深；然后是嘉丽的独处十年：她改变了身份——一家律师事务所的主人，改变了经济状况——可以开着黑色的奥迪"驰骋在通往乡间别墅的马路上"。一个光彩照人但并不快乐的嘉丽终于摆脱了张科长的阴影。但"已经过去的一页"突然被接续，张科长还是找到了嘉丽。于是小说在这里才真正开始：嘉丽并没有以"成功人士"的面目去见张科长，而是在旧货店买了一身破旧的装束，将自己"化装"成十年前的那个嘉丽。这个想法是小说的"眼"，没有这个化装就没有小说，一切就这样按照叙述人的旨意然而却是出人意料地在发展。前往的路上，世道人心开始昭示：路人侧目，暧昧过的熟人不能辨认，恶作剧地逃票，进入宾馆的尴尬，一切都是十年前的感觉，摆脱贫困的十年路程在瞬间折返到起点。我们曾耻于谈论的贫困，这个剥夺人的尊严、心情、自信的万恶之源，又回到了嘉丽的身上和感觉里，这个过程的叙述魏微耐心而持久，因为于嘉丽来说它是切肤之痛；这些还不重要，重要的是当年的张科长，这个当年你不能说没有真心爱过嘉丽的男人的出现，暴露的是这样一副丑陋的魂灵。嘉丽希望的同情、亲热哪怕是怜悯都没有，他如此以貌取人地判断嘉丽十年来是卖淫度过的。这个本来还有些许浪漫的故事，这时被彻底粉碎。

在我的印象里，魏微似乎还没有如此残酷地讲述过故事，她温婉、怀旧和略有感伤的风格，特别有《城南旧事》的风韵，我非常喜欢她叙事的调子。但这一篇不同了，她赤裸裸地撕下了男性虚假的外衣，不是爱你没商量，那是"抽你没商量"。这个时代的世道人心啊！

现代文化研究表明，每个人的自我界定以及生活方式，不是依靠个人的愿望独立完成的，而是通过和其他人"对话"实现的。在"对话"的过程中，那些给予我们健康语言和影响的人，被称为"意义的他者"，他们的爱和关切影响并深刻地造就了我们。我们是在别人或者社会的镜像中完成自塑的，那么，这个镜像是真实或合理的吗？张科长这个"他者"带给嘉丽的不是健康的语言和影响，恰恰是它的反面。因为嘉丽是一个"脑子里有光"的女性，是一个获得了独立思考能力和经济自立的女性，她"脑子里的光"照射出男人的虚伪和虚假。这个"对话"过程的残酷将会给嘉丽带来重大的影响，她的脑子里有光，那势力的男人还有光吗？如果说嘉丽是因为见张科长才去喜剧式的"化装"的话，那么，张科长却是一生都在悲剧式的"化装"，因为他的"妆"永无尽期。

小说看似写尽了贫困与女性的屈辱，但魏微在这里并不是叙述一个女性文学的话题，这是一个普遍性的问题，是一个关乎世道人心的大问题。在这个问题里，魏微讲述的是关于心的疼痛历史和经验，她发现的是嘉丽的疼痛，但那是所有人在贫困时期的疼痛和经验。当然，小说不能回答所有的问题，就像嘉丽后来不贫困了但还是没有快乐。那我们到底需要什么呢？就是这个不能穷尽的问题才使我们需要文学并满怀期待。

读魏微的小说，总是怀着一种期待，她是能够给人期待的作家。特别是读她故乡记忆的小说，那种温婉如四月煦风拂面春雨无声润物。这篇《姊妹》同样是一篇优秀的短篇小说，不同的是她在温婉中亦隐含了一份凌厉。故事发生在"文革"期间：被称为三爷的许昌盛"是个正派人，他一生勤勤恳恳，为人老实厚道"。这样人过的应该是循规蹈矩波澜不惊的日子，与寻常百姓没有二致。但三爷许昌盛却不鸣则已一鸣惊人：他居然一妻一妾有两个老婆。

性格内敛并不张扬的许三爷，是在和黄姓三娘结婚十一年后才发现爱情的。他爱上了一个二十一岁的温姓姑娘。这个重大的事变与其说在家庭内部掀起了轩然大波，毋宁说改变了当事人的生存状态和性格：三爷婚后曾"破例变成了一个小碎嘴"，现在"嘴巴变紧了"；温和的黄三娘两年后才知情，她的第一个反应是"再也按捺不住了"，她不骂三爷，而是跑到院子里，把上上下下骂了一遭。"这次酣骂改变了三娘的一生，在由贤妻良母变成泼妇的过程中，她终于获得了自由，从此以后她不必再做什么贤妇了。"而温姓三娘当时如火如荼的爱经过两年之后，也"心灰意冷，她说，爱这东西，还有什么好说的呢"？时间改变了一切，但这个过程却一波三折惊天动地。两个三娘有了正面冲突并不断升级之后，三爷逃之夭夭了。三爷的逃逸不仅没有平息这场争斗，反而加剧了争斗的激烈。温三娘公开参与到寻找三爷的行列激怒了黄三娘，于是她带领娘家的兄弟找到了温三娘：

　　　　温姑娘坐在地上，她蓬头垢面，起先她也还手，后来她就不动了，任着三娘胡抓乱挠、拿指节在她的额头上敲得咚咚作响。温姑娘是那样的安静，偶尔她抬头看了一眼三娘，直把后者吓了一跳。她的神情是那样的坚定，有力量，充满了对对手的不屑和鄙夷。三娘模模糊糊也能意识到，这女人是和她干上了，从此以后，谁都别指望她会离开许昌盛。三娘突然一阵绝望，坐在地上号啕哭了起来。

在爱情这件事上，女性比男性决绝得多，男性惹上事情之后的不堪、卑微、猥琐，在三爷这里淋漓尽致地表达出来。当三爷逃逸之后，事实上，三爷已经出局了，两个女人对他的不屑剥夺了一个男人最后的尊严。斗争只在两个女人之间展开。我惊异于魏微对人物心理的把握和洞察：两个三娘这时都不在乎三爷了，而是彼此之间在心气和意气之间的斗争。温三娘没有名分，本来处于心理上的劣势，但此时的温三娘镇静无比：

是什么使温姑娘变得这样坚强，我们后来都认定，她的心里有恨——其时三娘正在四处活动，想把她告到牢里去，可是这么一来，很有可能就会牵连到许昌盛，三娘就有点拿不定主意了；温姑娘听了，也没有说什么，淡淡地笑了笑。我们不妨这样说，温姑娘的下半生已经撇开了三爷，她是为三娘而活的，事实证明她活得很好，她一改她年轻时的天真软弱，变得明晰冷静——她再也没有男人可以依靠，心里只有一个目标，那就是活着，要比黄脸婆更像个人样；随着小女儿的出生，她身上的担子重了许多，她在家门口开了间布店，后来她这店面越做越大，改革开放不久，她就成了我们城里最先富起来的人，当然这是后话了。

如果仅仅写两个三娘的争斗，小说还是爱恨情仇并无新意，这样的世俗故事司空见惯。但后半部的转折使小说峰回路转柳暗花明。可有可无的三爷死在四十八岁上。三爷的死使两个女人有了认识各自命运的可能，她们还是相互嫉恨不能原谅。但在具体事情上，她们又无意间相互同情、怜悯、体贴，比如温三娘的孩子受了欺负，黄三娘看见了不由自主地站在温三娘的孩子一边；温三娘念着黄三娘没有女孩，嘱咐自己的女孩要给黄三娘送终。她们都没有忘记对方是"仇人"，但在情感上又是五味杂陈一言难尽。她们在三爷死后无意中见了一面。这一面使两个女人的内心发生了变化：

我们族人都说，两个女人大约就是从这一面起，互相有了同情，那是一种骨子里的对彼此的疼惜，就好像时间毁了她们的面容，也慢慢地消淡了她们的仇恨。我不太认同这种说法，我以为她们的关系可能更为复杂一些，她们的记恨从来不曾消失，她们的同情从开始就相伴而生，对了，我要说的其实是这两个女人的"同情"，在多年的战争中结下的、连她们自己都没有意识到的情谊；命运把她们绑在了一起，也不为什么，或许只是要测试一下她们的心理容量，测量一下她们阔大而狭窄的内心，到底能盛下人类的多少感情。现在你看到了，它几乎囊括了全部，那些千折百转、相克共生的感情，并不需要她们感知，就深深地种在了她们的心里。

　　小说写了两个女人不幸的人生，但小说不只是在外部书写她们永无天日的苦难，而是深入到人物内心，在人性的复杂性上用尽笔力。两个女人的关系永远纠缠不清但又彼此依存。

　　如果从三爷这个角度看，也可以认为这是一篇相当"女性主义"的小说，它是一种"逆向"的性别书写：作为男性的许三爷，唯唯诺诺小心翼翼，没有担当没有责任，自己闯了祸最后的选择竟是逃逸。与两个女性比较起来他可怜到了可恨的地步。他早早地死去，在小说中也有一种被"放逐"的意味——他真的不重要了。而女性在这里就完全不同了。她们敢于捍卫自己的利益或爱情，没有名分也敢于将怀孕的身体招摇过市，男人死了也要将"一日夫妻百日恩"演绎的撕心裂肺感天动地；为捍卫名分坚决拒绝了"妾"在葬礼上出现。女性的凛然、坦荡和义无反顾跃然纸上。但我并不认为这是一篇"女性主义"的小说。魏微在这里要表达的还是与人性相关的东西，特别是女性的爱恨交织、剪不断理还乱的情感、心理的复杂或微妙。家庭的破碎、身份的暧昧使两个女性度过了悲惨的时光，这应该是一个绝望的主题，但魏微让人心在绝处逢生，在绝望的尽头让我们看到了光。人心善恶的变化，以及没有永久的憎恨，没有不变的仇恨等，被魏微表达得真切而细微。她不急不躁从容不迫娓娓道来的叙述耐心，使她当之无愧地成为一个成熟的小说家。更值得注意的是，这是一个发生在"文革"时期的故事。但小说中，"文革"只是一个背景，那些大是大非并没有进入寻常百姓的日常生活。他们按照自己的生活轨迹度过的也是不平常的岁月，但这个不平常只与情感、人性的全部复杂性相关。

魏微这些年来声誉日隆。她的小说逐渐形成了魏微可以识别的个人叙述和修辞风格。她的小说温暖而节制，娓娓道来不露声色。在自然流畅的叙述中打开的似乎是经年陈酒，味道醇美不事张扬，和颜悦色沁人心脾。读魏微的小说，很酷似读林海音的《城南旧事》，有点怀旧略有感伤，但那里流淌着一种很温婉高贵的文化气息，看似平常却高山雪冠。《家道》是近来颇受好评的小说。许多小说都是正面写官场的升降沉浮，都是男人间的权力争斗或男女间的肉体搏斗。但《家道》却写了官场后面家属的命运。这个与官场若即若离的关系群体，在过去是"一人得道鸡犬升天"，如果官场运气不济，官宦人家便有"家道败落"的慨叹，家道败落就是冲回生活的起点。当下社会虽然不至于克隆过去的官宦家族命运，但历史终还是断了骨头连着筋。《家道》中父亲许光明原本是一个中学教师，生活也太平。后来因写得一手好文章，鬼使神差地当上了市委秘书，官运亨通地又做了财政局长。做了官家里便门庭若市车水马龙，母亲也彻底感受了什么是荣华富贵的味道。但父亲因受贿入狱，母亲便也彻底体会了"家道败落"作为"贱民"的滋味。如果小说仅仅写了家道的荣华或败落，也没什么值得称奇。值得注意的是，魏微在家道沉浮过程中对世道人心的展示或描摹，是当事人母亲和叙述人对世事炎凉的深切体悟和喟叹。其间对母子关系、夫妻关系、婆媳关系、母女关系及邻里关系，或是有意或是不经意的描绘或点染，都给人一种惊雷裂石的震撼。文字的力量在貌似平淡中如峻岭耸立。小说对母亲荣华时的自得，败落后的自强，既有市民气又能伸能屈审时度势性格的塑造，给人深刻的印象。她一个人从头做起，最后又进入了"富裕阶层"。但经历了家道起落沉浮之后的母亲，没有当年的欣喜或得意，她甚至觉得有些"委顿"。

还值得圈点的是小说议论的段落。比如奶奶死后，叙述者感慨道："很多年后我还想，母子可能是世界上最奇怪的一种男女关系，那是一种可以致命的关系，深究起来，这关系的悠远深重是能叫人窒息的；相比之下，父女之间远不及这等情谊，夫妻就更别提了。"如果没有对人伦亲情关系的深刻认知，这种议论无从说起。但有些议论就值得商榷了，落难后的母女与穷人百姓为邻，但那些穷人"从不把我们当作贪官的妻女，他们心中没有官禄的概念。我们穷了，他们不嫌弃；我们富了，他们不巴结逢迎；他们是把我们当作人待的。他们从来不以道德的眼光看我们，——他们是把我们当作人看了。说到他们，我即忍不住热泪盈眶；说到他们，我甚至敢动用'人民'这个字眼"。这种议论很像早期的林道静或柔石《二月》里的陶岚，且不说有浓重的小"布尔乔亚"的味道，而且也透着作家毕竟还涉世未深。

魏微曾自述说："我喜欢写日常生活，它代表了小说的细部，小说这东西，说到底还是具体的、可触摸的，所以细部的描写就显得格外重要。当然并不是所有的'日常'都能够进入我的视野，大部分的日常我可以做到视而不见，我只写我愿意看到的'日常'，那就是人物身上的诗性、丰富性、复杂性，它们通过'日常'绽放出光彩。"[1]这就是魏微的目光或心灵所及。她看到的日常生活不是"新写实"小说中的卑微麻木，也不是"底层写作"想象的苦难。她的日常生活，艰难但温暖，低微但有尊严。尤其那古旧如小城般的色调，略有"小资"但没有造作。魏微对生活复杂性和丰富性的发现，使她的"日常"有了新的味道和体悟——她看到了日常生活中的光与影。

注：

（1）魏微：《让"日常"绽放光彩》，见《一刀文学网》2005 年 7 月 2 日。

当下中国文学的一个新方向

——从石一枫的小说创作看当下文学的新变

　　自白话文学发生以后，中国文学从来没像现在这样繁复多样和复杂。因此，对于当下文学的评价之分歧，也从来没有如此意见纷呈各执一词。无论出于哪种考虑，这都是一种全新的文学格局，或者说，"就是我们的文学生活"[1]。但是，只要我们走进文学内部，就会发现我们的文学依然与现实结合得非常紧密，当下生活的每一个细部都被表达得完整而全面。从这个意义上说，文学仍然是时代生活的晴雨表，作家仍然是时代生活的记录者。一个时代有一个时代的文学，但文学传统的巨大力量仍以惯性的方式在承传和延续。诚如贾平凹所说："作为一个作家，做时代的记录者是我的使命。"[2]这也是文学仍是这个时代高端精神文化生活主要形式的原因。作家记录时代生活，同时也必须表达他对这个时代生活的情感和立场，并且有责任用文学的方式面对和回答这个时代的精神难题，特别是青年的精神难题。比如 20 世纪 80 年代文学，在今天不仅是一个研究对象，同时也更是一个怀念和不断想象建构的对象，原因就在于 80 年代的文学不仅整体上塑造了一个个"青年"形象——高加林、返城知青、青年右派、青年叛逆者等，一起构成了 80 年代文学绵延不绝的青春形象序列。这些青春形象同那个时代的"星星画展"、港台音乐、校园歌曲以及崔健的摇滚、第五代导演的电影等，共同构建了 80 年代激越的文化氛围和扑面而来的、充满激情的青春气息。任何一个时代的文化心理、氛围和具有领导意义的潮流，都是由青年担当的。因此，没有青春文化和没有青春形象的文学，在任何时代都是不能想象的；同时，80 年代的文学更揭示和呈现了那个时代青年的精神难题，比如潘晓问题的讨论以及青年经过短暂的亢奋之后的迷茫、颓唐等。正如北岛的《一切》和舒婷的《也许》中的诗句："一切都是命运 / 一切都是烟云 / 一切都是没有结局的开始 / 一切都是稍纵即逝的追寻"；"也许我们的心事 / 总是没有读者 / 也许路开始已错 / 结果还是错 / 也许我们点起一个个灯笼 / 又被大风一个个吹灭 / 也许燃尽生命烛照别人 / 身边却没有取暖之火"。那个时代青年的精神难题就这样被诗人提炼出来，于是他们成了 80 年代的代言者和精神之塔。

上述与文学有关的现象或作品，几乎都与社会问题有关。社会问题小说，是新文学重要的流脉，也是自 1978 年以来文学最发达和成就最高的领域。这一状况不仅与中国的社会历史语境有关，同时也与作家对文学与社会关系的认知有关。即便在文学表达最为自由的时代，社会问题小说仍然是最丰富、最多产的，比如 80 年代。但是，今天由于新媒体的出现，社会资讯的发达程度远远超出了我们的想象。更严峻的问题是，各种关于社会问题的消息蕴含的信息量或轰动性、爆炸性，是任何社会问题小说都难以比拟的。要了解社会各方面的问题，网络、微信等无所不有。因此，当今时代的各种资讯对社会问题小说提出的挑战几乎是空前的。但是，文学毕竟是一个虚构的领域，它要处理的还是人的心灵、思想和精神世界的问题。从这个意义上说，文学仍然占有巨大的优势，仍然有巨大的空间和可能性。精神难题是社会难题的一个方面，但网络、微信传达的各种信息，还不能抵达文学层面，这也正是文学至今仍然被需要的缘由。如果是这样的话，我认为青年作家石一枫是新文学社会问题小说的继承者，他不仅继承了这个伟大的文学传统，同时就当下文学而言，他极大地提升了新世纪以来社会问题小说的文学品格，极大地强化了这一题材的文学性。在这个无所不有、价值观极度混乱的时代，石一枫和一批重要作家一起，用他们的小说创作，以敢于正面强攻的方式面对当下中国的精神难题，并鲜明地表达了他们的情感立场和价值观。作为一种未作宣告的文学潮流，他们构成了当下中国文学正在隆起的、敢于批判和担当的正确方向。

一、仍在辩难的文学观念

每个作家都有自己不同的文学观念。这是文学创作自主化或曰创作自由在今天的具体体现。不同的文学观念都有它存在的理由，它支配着作家对文学和文学实践的理解。因此，作家创作出具有不同思想内容的文学作品，起决定性作用的，还是作家的文学观念。当下文坛虽然没有形成有规模的关于文学观念的冲突，但通过不同的文学作品，我们仍然可以感受到文学观念的辩难并没有终结。从某种意义上说，这是80年代文学观念搏斗的延续，也是80年代仍然"活在"当下的一部分。80年代"先锋文学"以及构建的文学形式的意识形态，彻底改变了当代中国文学"一体化"的格局，以兵不血刃的方式，溶解了政治/文学的难解之谜。从而打破坚冰，迎来了百舸争流的文学大时代。它巨大的历史意义已经写进了不同的当代文学史。但是，今天看这段历史也许更清楚的是，那是一个别无选择的文学策略。文学是以巨大的内容牺牲为代价换取了新的文学格局。后来，当"先锋文学"被当作唯一的"纯文学"推向至高无上圣坛的时候，它也就走向了末路。

时至今日，"先锋文学"的巨大问题正在被日益深刻地检讨。"先锋文学"发源地之一的法国，许多重要的理论家对文学的形式主义、虚无主义和唯我主义等，作了痛心疾首的批判。托多洛夫认为："应该承认文学是思想。正因为如此，我们还在继续阅读古典作家的书，通过他们讲述的故事看到生存要旨。当代文学，尤其是法国文学，却常常显示这种思想与我们的世界业已中断了联系。当务之急，是要言明文学不是一个世外异域，而属于我们共同的人类社会。"他在《文学的危殆》中声言："21世纪伊始，为数众多的作者都在表现文学的形式主义观念……他们的书中展示一种自满的境遇，与外部世界无甚联系。这样，人们很容易陷进虚无主义……琐碎地描述那些个人微不足道的情绪和毫无意思的性欲体验"，"让文学萎缩到了荒唐的地步"。托多洛夫还说："第三种倾向是唯我独尊，原本始于唯有自己存在的哲学假设。最新的现象为'自体杜撰'，意指作者不受任何拘牵，只顾表现自己的情绪，在随意叙事中自我陶醉。"作者的结论是：从20世纪到21世纪初，形式主义、虚无主义和唯我主义在法国形成了占统治地位的意识形态，从而导致一场空前的文学危机。南茜·哈斯顿也指出："这种精神分裂症在我们中间蔓延开来，造成一种分化局面。一方面，舆论把虚无主义文学吹捧上天；另一方面，庶民的生活意愿则遭冷落……我感到，这是放弃，几乎背叛了文学的圣约。"她列举了伯恩哈特、耶利内克、昂戈、乌埃尔贝克和昆德拉等当今走红的欧洲作家，表示无法赞同他们的创作倾向。因为，对他们来说，"唯一可能的认同，是读者应赞同作家傲慢地否定一切，再加上对文学体裁和文体神圣意念的超值估价，读者唯一合乎时宜的应和，就是赏识作家的风格和清醒的绝望，而后者则过细地肆意描绘，从而唾弃眼下这个不公平的世界"。针对这种现象，南茜·哈斯顿写了《绝望向导》一书，指斥虚无主义派作家，"面对着一些绝望向导，一些狂妄自大，而又绝顶孤僻之辈，一些憎恨儿童和生育，认为爱情愚蠢之至的人，怎么还能来构思一种大体还过得去的日常生活呢？"托多洛夫更一针见血："这种虚无主义的思潮，不过是对世界前景的极端偏见。"[3]这种情况不仅发生在法国，第二次世界大战后，德国文学很快与文学现代派接上了轨。到了80年代，德语文学已滑到了世界文坛的边缘。人们责备德语小说的艰涩、思辨以及象牙塔味十足。[4]德国作家说："德国人不欣赏他们的当代文学，是因为他们不欣赏他们的当代。"德国文学和读者缓慢地重新建立联系，也是因为德国作家面对社会，"碰到了那根神经，抓住了时代的脉搏，找到了正确的声音"[5]。因此，注重文学与时代的关系，不仅在中国，西方文学世界同样有这样的要求。

在中国文学界，对这种所谓"纯文学"的反省、检讨甚至抵抗也已由来已久。早在 2003 年，著名作家吴玄在《告别文学恐龙》中说"20 世纪的 80 年代，在中国，大约可以算是先锋文学的时代。那时，我刚刚开始喜欢文学，对先锋文学自然是充满敬意了，书架上摆满了卡夫卡、普鲁斯特、乔伊斯、加缪、福克纳、博尔赫斯……20 世纪而又没有标上先锋称号的作家，对不起，他们基本上不在我的阅读范围之内"。"我也算是一个相当纯正的先锋文学爱好者了。爱好先锋文学，确实也是很不错的，它在相当长的一段时间内，给我带来了很好的自我感觉，那感觉就是总以为自己比别人高人一等，常有睥睨天下的派头。因为阅读先锋文学实在是不那么容易的，不好看通常是先锋文学的标准，它一般可以在五分钟之内把大部分读者吓跑。最经典的先锋文学，往往是最不好看的，它代表的据说是人类精神的高度，或者是心灵探寻的深度，很是高不可攀又深不可测。这样的经典被生产出来，其实不是供人阅读的，而是让人崇拜的。譬如《尤利西斯》，这样的小说无疑是文学史上的奇迹，阅读几乎是不可能的，不过没关系，你只要购买一套供奉在书架上，然后定期拂拭一下蒙在上面的灰尘，你也就算得上精神贵族了。"他还讲了一个真实的故事，这个故事很有普遍性：他参加过《尤利西斯》的研讨课。《尤利西斯》的故事不算复杂，只是乔伊斯采用了一种空前的手段，叫作"时空切割"，企图在线性的语言里做到在同一时间再现不同空间的不同人物。此种手段针对语言艺术，显然是疯狂的，不可能的。不过，后来的电视倒轻而易举做到了，电视屏幕可以随便切割成九块、十六块或二十四块，同时再现九个、十六个或更多的频道。这是一项简单的技术，这项技术用在小说上，却是把小说彻底粉碎了，《尤利西斯》也就成了天书。在研讨课上，似乎没人敢对《尤利西斯》发言，大家的表情不同程度地都有点白痴。事实上，所谓研讨课，发言的只是教授一人。后来，吴玄和教授成了朋友，他们又研讨起《尤利西斯》来，吴玄说不想再装了，《尤利西斯》他根本没看完。教授高兴地说，是啊，是啊，老实说，我也没看完。教授的回答很是出乎吴玄的意料，他说不会吧。教授说，就是这样，我估计，全世界真看完《尤利西斯》的读者不会超过一百个。吴玄说，可是，你没看完，却阐释得那么好。教授笑笑说，这就对了，《尤利西斯》就是专门为我们这些文学教授写的，拿它当教材再好不过了，反正学生不会去看，我可以随便说，既使有学生看了，也不知所云，我还是可以随便说，而且显得高深莫测，很有水平。[6] 这些现象本来不足为外人道，但它却更真实地反映了教授、批评家于所谓"纯文学"的态度。即便在80年代，批评家和教授们会上大谈先锋文学，腋下夹着金庸小说的也大有人在。"纯文学"背后隐藏着那么多不真实的面孔早已是公开的秘密。

文学批评家邵燕君说："自恋的'纯文学'写作纯粹是一种任性的写作。有钱才能任性，有人买账才能任性。难看不是你的错，但逼人看就是你的错了。在一个'注意力'经济的时代，真正有权任性的是读者，没钱都可以任性。作为一个职业批评者，我已被逼多年。如今我也任性起来了——有本事你就把我勾引起来，不管是'高雅欲'还是'世俗心'，专业兴趣还是非专业兴趣。要么你帮我认识这个世界，要么你帮我对付（renshou）这个世界。否则，你的文学世界与我无关，就像你的存折与我无关一样。"[7] 实事求是地说，后来以"纯文学"名世的"先锋文学"，有巨大的历史功绩。我们甚至可以这样说，是否受过先锋文学的洗礼，其作品的文学性是大不相同的，而且，客观地说，"先锋文学"已经作为文学遗产存活于我们今天的小说创作中。当它成为常识的一部分的时候，它已不再高傲而放下身段的时候，它的价值仍然活在"当下"。但是，"先锋文学"或"纯文学"必须放弃自以为是或为所欲为，必须放弃

"不好看"的标准。后来，我们在余华的《活着》《许三观卖血记》《兄弟》，格非的《江南三部曲》《望春风》《紧身衣》等作品中，看到了这一巨大变化。我们甚至可以说，如果没有余华、格非等当年"先锋文学"的宿将，自觉放下"先锋"身段并写出上述作品，他们就不会是今天的余华和格非。当然，我们也看到，当年有些先锋作家后来试图进入正面写小说的时候，他的捉襟见肘和力不从心使得他们的文学能力与先前相比判若两人。这时的"不好看"与当年的"不好看"不是一回事，当年的"不好看"是看不懂，现在的"不好看"是真的不好看，因为那是可以看懂的"不好看"。因此，我们可以说，"先锋文学"是可以模仿的，但是，正面强攻式的小说创作是不能模仿的。

这个整体背景，对正在成长的青年作家不能不产生巨大的影响。石一枫文学观念转变的经历证实了这一点。石一枫1996年十几岁就在《北京文学》发表小说，2009年起，先后发表了长篇小说《红旗下的果儿》《恋恋北京》《我妹》等。翻译了外国小说《猜火车》。他和同代作家一样，进入文学创作时，大多是从个人经验开始。但他后来检讨说："现在回头看，这段时间的写作状态比较懵懂，老想说点儿什么而不知道自己应该说什么。"(8) 几年之后，他修正了自己的文学观念："我的文学观念这几年变得越来越传统了，好小说的标准对于我而言就是：一、能不能把人物写好？二、能不能对时代发言？这都是老掉牙的论调了，但我逐渐发现，这两条要做到位真是太难了，不是僵化地执行教条那么简单，而是需要才华、眼界、刻苦和世界观。"(9)应该说，多部长篇的发表，让读者认识了青年作家石一枫，但并没有为他带来文学荣誉。而恰恰是他为数不多的中、短篇小说——尤其是中篇小说《世间已无陈金芳》《地球之眼》《特别能战斗》《营救麦克黄》等，使他声名鹊起，成为这个时代青年作家中的翘楚。在谈到个人经验的时候，石一枫说："最大的经验就是能把个人的叙述风格与作家的社会责任统一起来，算是手段与目的的统一吧。小说写作是比较个人化的艺术，需要具有鲜明的辨识度，需要腔调、气质、语言有特点，但小说又是一个社会化的文学形式，不能仅限于为了艺术而艺术，为了风格而风格地玩儿技巧。过去我一直困扰于这个问题，就是如何既写自己能写的、擅长写的东西，又写身处于这个时代所应该写、必须写的东西？用套话说，怎么才能既写出人人笔下无，又写出人人心中有？这篇小说似乎在一定程度上做到了。"(10)石一枫能够取得今天的成就，除了他个人的才华、禀赋，与他逐渐形成的文学观有直接关系。

二、直面当下中国的精神难题

新世纪以后，虽然有很多青春文学，但是文学中的青春形象逐渐模糊起来，我们很难在这样的文学中识别当下的青春形象。即便偶然看到校园或社会青年的形象，他们也不再是 80 年代"偶像"式的人物。当然也不是曾经风行一时的叛逆的、个人英雄式的形象。这个时代的青春形象，特别酷似法国的"局外人"，英国的"漂泊者"，俄国的"当代英雄""床上的废物"，日本的"逃遁者"，现代中国的"零余者"，美国的"遁世少年"等，他们都在这个青年家族谱系中。"多余人"或"零余者"是一个世界性的文学现象。但是我不认为这只是一个文学形象谱系的承继问题，而是与当下中国现实以及当代作家对现实的感知有关。这些形象，与没有方向感和皈依感的时代密切相关。在这一文学背景下，我们读到了石一枫的《青春三部曲》。这三部作品分别是《红旗下的果儿》《节节只爱声光电》和《恋恋北京》。三部作品没有情节故事的连续关系，它们各自成篇。但是，它们在内在情绪、外在姿态和所表达的与现实的关系上有内在的同一性。因此我将其称为《青春三部曲》。

三部作品都与成长有关，与 80 后的精神状况有关。《红旗下的果儿》写了四个青年的成长，他们的成长不是 50 后、60 后的成长，这几个年代的青年都有"导师"，除了家长还有老师，除了老师还有流行的时代英雄偶像。因此，这几个时代的青春大多是循规蹈矩亦步亦趋的。80 后这代青春的不同，在于他们生长在价值完全失范的时代。精神生活几乎完全溃败的时代。他们几乎是生活在一个价值真空中。生活留给陈星们的更多的是孤独、无聊和无所事事，因此，他们内心迷茫走向颓废是另一种"别无选择"。《节节最爱声光电》是写出生在元旦和春节之间的"节节"的成长史。这个有着天使般模样的北京小妞，成长史却远要坎坷，父母失和家庭破碎，父亲外遇母亲重病。节节是一个十足的普通女孩。一个普通孩子在这个时代的经历才是这个时代真实的感觉。《恋恋北京》虽然也是话语的狂欢，但隐匿其间的故事还是清晰的。赵小提的父母希望他成为一个小提琴家，但他还是让父母彻底失望成为一个"一辈子都干不成什么事"的混日子的人。与妻子茉莉的离异，与北漂女孩姚睫的邂逅，与姚睫的误会和三年后的重逢，是小说的基本线索。这个大致情节并无特别之处，但在石一枫若即若离不经意的讲述中，便成了一个浪漫感伤并非常感人的情爱故事。看似漫不经心的赵小提，心中毕竟还有江山。他对人世间真情的眷顾，使这部小说有了鲜明的浪漫主义文学色彩。因此，石一枫的"青春三部曲"不只让我们有机会看到了 80 后内心涌动的另一种情怀和情感方式，同时也让我们看到了这代青年作家对浪漫主义文学资源的发掘和发展。浪漫主义文学在本质上是感伤的文学，从青年德意志到法国浪漫派，从司汤达到乔治·桑，诗意的感伤是浪漫主义文学的核心美学。石一枫小说中感伤的青春，从一个方面显示了他从生活中提炼美学的能力，显示了他的历史感和文学史修养。这是一个多变的时代，无论是流行的时尚还是社会风貌，"变"是这个时代的神话，它的另一个表述是"创新"。但我还是希望我们能够经常看到有一些不变的存在，比如对人类基本价值的维护。有些时候，坚持一些观念更需要勇气和远见卓识。《青春三部曲》的主人公对爱情的一往情深，就是不变的和敢于坚持的表征，当然也是小说感人至深最后的原因。

石一枫不是王朔，也不是朱文和韩东。应该说，这三位作家对石一枫都有一些影响，但这些影响都是外在的，是姿态性的，比如语言。但在文学气质和价值观上，石一枫远没有上述三位作家决绝。应该说石一枫在这一层面上要宽厚得多，当然也有些软弱，这是石一枫的性格使然。他没有刻意解构什么，也不执意反对什么。他只是讲述了他所感知的现实生活。在他狂欢的语言世界里，那弥漫四方灿烂逼人的调侃，只是玩笑而已，只是"八旗后裔"的磨嘴皮抖机灵，并无微言大义。因此，我们看到的也只是难以融入这个时代的"零余者"。如果是这样的话，石一枫的小说可以在吴玄、李师江这个流脉中展开讨论。当然，将石一枫归属到"哪门哪派"并不重要，重要的是，石一枫在小说中重新"组织"了他所感知的生活，而他"组织"起来的生活竟然比我们身处的生活更"真实"，更有穿透性。他让我们看到，生活远不是那么光鲜，但也不至于让人彻底绝望。他的人物是这个时代"多余的人"，但是恰恰是这些"多余的人"的眼光，为我们提供了理解或认识这个时代最犀利的视角。他们感到或看到的生活，也是生活的一部分，而且是重要的一部分。因此，石一枫的小说对我们来说，也是"关己"的，在这个时代我们依然困惑，这使他的小说表达的问题超越了年龄界限。当然，石一枫的几部长篇小说有鲜明的小资产阶级情调，好处是有温情，坏处是它遮蔽了生活中更值得揭示和批判的东西。这也诚如石一枫自己所说，这时的"写作状态比较懵懂，老想说点儿什么而不知道自己应该说什么"。因此，这几部长篇小说可以视为是石一枫初登文坛的试笔之作。

石一枫引起文学界的广泛注意，是他近年来创作的中、短篇小说，尤其是几部中篇小说。这几部作品，从不同的角度深刻揭示了当下中国社会巨变背景下的道德困境，用现实主义的方法，塑造了这个时代真实生动的典型人物。我们知道，道德问题，应该是文学作品主要表达的对象。同时，历史的道德化，社会批判的道德化、人物评价的道德化等，是经常引起诟病的思想方法。当然，那也确实是靠不住的思想方法。那么，文学如何进入思想道德领域，如何让我们面对的道德困境能够在文学范畴内得到有效表达，就使这一问题从时代的精神难题变成了一道文学难题。因此我们说，石一枫的小说是敢于正面强攻的小说。《世间已无陈金芳》，是一篇直面当下中国精神困境和难题的小说，是一篇耳熟能详险象环生又绝处逢生的小说。陈金芳出身卑微，十多年前，初中二年级的她从乡下转学来到北京住进了部队大院，她借住到在部队当厨师的姐夫和当服务员的姐姐家里。刚到学校时，陈金芳的形象可以想象：个头一米六，穿件老气横秋的格子夹克，脸上一边一块农村红。老师让她进行一下自我介绍，她只是发愣，三缄其口。在学校她备受冷落无人理睬，在家里她寄人篱下小心谨慎。这一出身，奠定了陈金芳一定要出人头地的性格基础。城里乱花迷眼无奇不有的生活，对她不仅是好奇心的满足，而且更是一场关于"现代人生"的启蒙。果然，当家里发生变故，父亲去世母亲卧床不起，希望她回家侍弄田地，她却"坚决要求留在北京"，家里威逼利诱甚至轰她离开，她却即便"窝在院儿里墙角睡觉"也"宁死不走"。陈金芳的这一性格注定了她要干一番"大事"。初中毕业后她步入社会，同一个名曰"豁子"的社会人混生活，而且和"公主坟往西一带大大小小的流氓都有过一腿"，"被谁'带着'，就大大方方地跟谁住到一起"。一个一文不名的女孩子，要在京城站住脚，除了身体资本她还能靠什么呢？果然，当"我"再听到人们谈论陈金芳的时候，她不仅神态自若游刃有余地出入各种高级消费场所，而且汽车的档次也不断攀升。多年后，陈金芳已然成了一个艺术品投资商，人也变得"不再是一个内向的人了，而是变得很热衷于自我表达，并且对自己的生活相当满意"，"给人们留下的印象。她与任何人都能自来熟，盘旋之间挥洒自如，俨然'摆开八仙桌，招待十六方'的社交名媛。三言两语涉及'业务'的时候，她嘴里蹦出来的不是百八十万的数目，就是那些如雷贯耳的名号"。陈金芳穿梭于各种社交场合，她在建立人脉寻找机会。折腾不只的陈金芳屡败屡战，最后，在生死一搏的投机生意中被骗而彻底崩盘。但事情并没有结束——陈金芳的资金，是从家乡乡亲们那里骗来的。不仅姐姐姐夫找上门来，警察也找上门来——从非法集资到诈骗，陈金芳被带走了。

陈金芳在乡下利用了"熟人社会"，就是所谓的"杀熟"。她彻底破坏了乡土社会人际关系的伦理，因坑害最熟悉、最亲近的人使自己陷于不义。在这个意义上，《世间已无陈金芳》，甫一发表，震动文坛。在没有人物的时代，小说塑造了陈金芳这个典型人物，在没有青春的时代，小说讲述了青春的故事，在浪漫主义凋零的时代，它将微茫的诗意幻化为一股潜流在小说中涓涓流淌。小说中的陈金芳，是这个时代的"女高加林"，是这个时代的青年女性个人冒险家。

《地球之眼》的故事，是在人的心理的层面展开。这是三个男人的故事：我——庄博益、安小男和李牧光，三人是同学关系。不同的是安小男是理工男，学的是电子信息和自动化。安小男一出场就是一个"异类"：一个学理工的学生，一定要和历史系的庄博益讨论历史问题，并且异想天开地要转系，要把历史系的课从本科听一遍。转系风波还导致了历史系与电子系"杠"上了。这时历史系的"名角"商教授出场了，这个轻佻的教授尽管见多识广，但他在安小男"历史到底有什么用""研究历史是否有助于解决中国的当下问题"的追问下王顾左右时，安小男一字一顿地说："我认为您很无耻。"这个木讷、羞怯甚至有些自卑的安小男，真诚而天真地希望通过历史来解决他的困惑，而他一直纠缠当下的道德问题不是没有原因的，当然这是后话。安小男没有转系当然他也不可能转。他虽然在文科同学那里名声大噪，但他的处境和心情可想而知。

李牧光一入学就与众不同，这朵"奇葩"痴迷地热爱睡觉。他能够进入名校学习不是因为他是嗜睡的天才，历史系一个被灌醉的老师起了底："他父亲是东北一家重工业大厂的一把手，专门在厂里为我们学校设立了一个理工科的'创新基地'，其实就是赠送一块地皮，供学校在当地开办形形色色的收费班，贩卖注水文凭；而这么做的条件，是学校要给李牧光一个免试入学名额，并且保证他顺利毕业。"李牧光出手阔绰，性情随和，除了嗜睡没有让人不愉快的毛病。于是大家相安无事。他与讲述者庄博益上下铺，真正发生关系是大四快毕业的时候：嗜睡的李牧光终于也有睡不着的时候了：他父亲又如出一辙地通过"慈善款项"安排他去美国继续读书，虽然不用考试但必须交一篇专业论文。李牧光出两万元钱请庄博益帮忙。庄博益利用安小男和自己的前女友郭雨燕，一个写一个翻译，各给五千元，庄博益自己落下一万元，本来就皆大欢喜了，毕业就是各奔东西。但是三人的关系恰恰是毕业之后又有了不解之缘：庄博益几经折腾去了一家地方电视台下属的节目制作公司，在拍"校漂"纪录片时，庄博益与安小男又不期而遇。这时的安小男租了挂甲屯破旧的一间房子，身世也逐渐清楚了：安小男十岁出头的时候，父亲去世了，母亲在肉联厂洗猪肠子。天长日久，母亲的手已经被碱水烧坏了，眼睛也被熏得迎风流泪，视力大不如前。

庄博益虽然口无遮拦满嘴胡吣，但他有口无心心地很善良，他很想帮助安小男。这时李牧光从天而降——他从美国回来了。从美国回来的李牧光已经是一家玩具批发公司的老板了。几经周折，安小男终于成了李牧光在中国雇用的员工。他为李牧光监控远在美国的仓库，他的专业和敬业受到李牧光极大的赞赏。安小男自然也改变了落魄的处境。但是，安小男通过监控录像发现了李牧光巨大的问题：李牧光的玩具生意根本不赚钱，他的巨大财产是其父转移到国外的贪污巨款，李牧光是利用国际贸易洗钱。巨大的问题终于暴露了。这时对三个人都是一场巨大的考验：李牧光要庄博益阻止安小男的进一步行动能够实现吗？庄博益偏软的底线是否能守得住？安小男是否一定会破釜沉舟？

安小男如此希望解释道德问题是事出有因：安小男的父亲曾是一位土木工程师。他十岁以前，家里的日子很好。父亲很年轻就被提拔成了公司的副总，但厄运也从此来了。进了管理层之后，发现公司的几个领导没有一个不贪的。他们把钢筋的标号降低，用来路不明的劣质水泥代替品牌货，居然连地基的深度也敢改，克扣下来的钱都揣进了个人腰包里。那些人还拉他入伙他不敢答应，然后成了众矢之的。后来终于出事儿了，他们公司承建的一个会展中心发生了垮塌，砸死了几个工人。事故的原因是使用了不合格的建筑材料，可那几个领导却买通了监察部门，还走了上层关系，硬把责任扣到了这位工程师头上，说是他的设计方案不合理导致的。父亲就地免职，还被公安局的人监控了起来。最后父亲从办公楼十九层跳了下去。父亲临死前和安小男说的最后一句话是："他们那些人怎么能这么没有道德呢？"于是，一个巨大的困扰在安小男那里挥之难去：

　　刚开始我和我妈一样，恨的只是我爸生前的那些领导和同事。但后来渐渐就变了，我觉得我爸所说的"他们"并不是那几个具体的人，而是世界上的所有人；我爸讲到的"道德"也不是一件事情上的对与错，而是笼罩着整个儿地球的神秘理念。但道德究竟是什么呢？它既然那么重要，为什么又会被人轻而易举地忘却和抛弃呢？一看到这个词我就想哭，一说到这个词我的心就会发抖，在我看来，我爸不是死于自杀也不是被人害死的，他是为一个浩浩荡荡的宏大谜团殉葬了……为了解开这个谜，我曾经求助于历史和人文学科，可最后还是失败了。你还记得我写过的那篇文章吗？我在里面说中国人已经没有道德可言了，但那只是在承认失败，是为了让自己认命。其实我不是那么想的，因为那种痛彻骨髓的感觉仍然存在。在没有道德的社会里，怎么会有人为了道德而疼痛呢……

这是安小男一直追究道德问题的来自内心深处的隐痛和动因。他追究李牧光的问题，还与李牧光投资邯郸的项目要拆迁的民居有关，那里恰好是安小男母亲居住的地段，母亲就要居无定所，安小男又没有能力安置母亲。他内心流血的疑问是："怎么有人活得那么容易，有人就活得那么难呢……"因此，安小男追究的道德问题，从一开始就不是一个纯粹的理论问题，它与个人的身世、经历以及生存状况都密切相关。至于安小男能做到哪一步那是另一个问题。但通过安小男的追究和行动，我们不只看到了一个青年知识分子因艰难困苦造就的孤傲倔强的性格，而且通过安小男也看到了社会众生相。因此，这篇貌似写青年群体当下截然不同状况的小说，本质上恰恰是一篇社会问题小说：高校教授没有节操的无耻、学校的见利忘义没有原则、社会腐败弥漫四方的无孔不入等等。安小男可以将他监测的"眼睛"安放到地球的任何一个角落，他可以守株待兔地洞悉地球上任何风吹草动。但是，他能够解决他内心真实的困惑吗？安小男不能解决的困惑和问题，也就是我们共同不能解决的困惑和问题。小说当然也不负有这样的功能。我深感震动的是，石一枫能够用如此繁复、复杂的情节、故事，呈现当下社会生活的复杂性，呈现我们内心深感不安、纠结万分又无力解决的问题。一个耳熟能详的，也是没有人在意的关乎社会秩序和做人基本尺度的"道德"问题，就这样在《地球之眼》中被表达出来。因此，《地球之眼》是一篇在习焉不察中发现道德危机的作品。

《营救麦克黄》同样是一篇令人感到震惊的作品：麦克黄是一条随主人黄蔚妮姓的狗。主人黄蔚妮是广告公司的销售副总，典型的资产阶级。在黄蔚妮看来，"这个世界上，大部分的狗狗都生活在水深火热之中"，"主荣狗贵"，麦克黄因为跟了黄蔚妮生活，因此它不属于"大部分狗"。但黄蔚妮的闺蜜颜小莉，一个广告公司的前台雇员，看到的是，"在这个世界上，大部分人还都生活在水深火热之中呢"。两人属于不同阶层，但起码表面上她们是莫逆之交。一个突发事件——麦克黄丢了，麦克黄的失踪使小说波澜骤起。寻找营救麦克黄成为黄蔚妮的头等要事，黄蔚妮的两个追求者——某知名报社社会新闻部主任尹珂东和富二代徐耀斌，虽然各怀心事，但"营救麦克黄"的行动使他们达成了一致。在逼停一辆载狗的大货车时，惊慌失措的卡车司机夺路而逃。逼停了卡车，可是却没有麦克黄。在追车过程中，颜小莉却恍惚间看到卡车在急拐弯时撞到了一个小女孩。这时小说才进入主题——营救麦克黄转变为营救郁彩彩。救或不救、如何救成为小说不同人物的核心问题。新闻部主任尹珂东驾车重走了一遍当时的路线，其目的却是为了验证沿途有没有摄像头，并自欺欺人地认为："一件事如果没有确凿的证据支持，那么就相当于没发生过。"颜小莉在向黄蔚妮求助未果后，别出心裁地联合于刚策划了对黄蔚妮的"要挟"——他们利用技术手段把以假乱真的虐待麦克黄的视频发到网上，以"勒索"的方式迫使黄蔚妮拿出三万元赎金作为彩彩的手术费。这一方式在生活中属于"敲诈"，但在小说中它却合乎人物的情感逻辑——为了救助一个弱者，颜小莉可以"不择手段"。当然，石一枫并不是站在弱者立场为了赢得道德的掌声，而是通过麦克黄和郁彩彩的不同境遇，以及黄蔚妮、颜小莉、于刚、尹珂东、徐耀斌等对待人与狗的不同态度，表达了当下的道德困境。小说是这样结尾的：

> 颜小莉清楚地看到，那辆卡车的车斗也被改造成了铁笼，笼子里面装的都是狗。那是一些毫无品种可言的菜狗，一个个蔫头耷脑的，却也不声不响，仿佛对即将到来的命运毫无怨色。这种狗就算被送到狗肉馆里去，八成也不会有人来救它们吧。
>
> 颜小莉凝神与其中一只黄白相间的狗遥相对望，

竟感到那狗有些许言语想对她说。

这些菜狗，就是"底层狗"，它隐喻的当然是那些人间的"沉默的大多数"。因此它也是关于人的阶层划分、等级划分的隐喻。

石一枫近期的创作，几乎一直在"道德领域"展开，一直关注当下中国的这一精神难题。他的另一篇小说《老人》，讲述的是一个老知识分子的故事。小说的环境是校园，人物也只有周老师、保姆刘芬芬和研究生覃栗。三个人物集聚在周老先生家里，发生了一段难以说清的关系纠葛。周老先生虽然年过七旬，但仍对女性跃跃欲试；保姆刘芬芬要保住自己的位置就一定要和比自己年轻漂亮的覃栗角力；覃栗的青春和研究生身份虽然优越，但还要表现得更加抢眼。于是，爆发了"三个人的战争"。这场战争首先是心理暗战，继而转换为两个女性的真刀真枪。小说通过书房、厨房以及各自的利益诉求，逼真地表达了三个不同年龄、身份、性别的人物性格和心理。特别是对知识分子的心理刻画和描述，既趣味盎然又入木三分。周老先生的形象虽然有些夸张或脸谱化，但戏谑中这个道貌岸然和卑微猥琐的知识者的形象跃然纸上。

我之所以把石一枫的创作称作"当下中国文学的新方向"，

是因为当下许多作家都在积极面对当下中国的这一精神难题。道德困境已经成为我们这个时代最大的困境。比如黄咏梅的《证据》，写了夫妻之间的瞒与骗，深刻地塑造了一个不谙世事的单纯女子和一个心机颇深的老到男人的形象。相差二十一岁的律师和一个艺术院校出身的女孩组成了家庭。女孩从此成了家庭"全职太太"，男人在外立万扬名。女孩倒也心甘情愿，但从此也失去了自我甚至自由：女孩说要给一条蓝鲨配一个伴儿，男人说要讲风水，一个月之后才可以；女孩要和同学聚会在外过夜，男人说你"睡熟以后，鼾声如雷，简直，简直不可想象"，这样的美女有这样的毛病不等于毁容吗？女孩上微博，但男人总是在后面掌控，经常删她的信息。女孩耐不住寂寞也为了秀一下恩爱，她将他们买鱼时让老板娘拍的照片发到了网上——

> 她看到了自己，笑得眼睛只剩一条缝，她也看到了大维，他们头碰着头，各自手上举着两只鱼缸，里边的那几条鱼，现在正安闲地游弋在他们右侧的大鱼缸里。这些鱼顿时消灭了沈笛对这张照片的陌生感，这就是那天他们去水世界让老板娘拍的合影。

就是这张照片引起了轩然大波。几乎就在同一个时间，又有一条关于男人的微博:"我在澳大利亚圣安德鲁大教堂前为此刻抗争的弟兄们祈祷。"于是,缺席一个重要案件的著名律师遭到了网友的诟病和质疑。女孩甚至为男人开脱说自己说了谎。几天后男人真的去了澳大利亚,他是为那件"要事"去的吗?女孩在临睡之前在自己对面架起了摄像头,她要录下这一夜作为"证据"。她是否打鼾将不证自明,这个男人说的所有的"名人名言"也将不攻自破。著名律师的不可靠告诉女人的是,一个女人不能像婚纱摄影师说的那样:"只要傻傻地看着老公就好"。女人的独立性对女人来说大概是最可靠的。这应该是近些年来最为令人震动甚至惊悚的写夫妻之间关系的小说。

祁媛的《脉》,是一个失眠者的心理自白。因为失眠便要求医,于是就认识了文医生。医患关系熟了以后,就有了一个单独接触的机会:文医生请吃饭,然后到他工作室喝茶,然后是推心置腹的交谈。文医生先谈到了自己生活的无聊,而后逐渐谈到了"脉"。这个"脉"是文医生每天都要把的,也是所有中医都要把的那个脉。但文医生对这个"脉"并不相信。春脉如弦、夏脉如钩、秋脉如浮……在文医生看来是见仁见智的,那是"无法量化,无法理论化,因此也无法科学化的东西"。文医生的理论正确与否对一个首饰售货员来说并不重要,重要的是文医生的坦率和诚恳。一个普通患者听到一个医生如此谈论自己的专业，那他不是把自己当作知己还会是当作什么。但是，这个文医生真的是一个坦率、诚恳的男人吗？他的办公室里就挂着全家福的照片，但他还是约一个心仪的女患者在一个私密空间约会，甚至已经把手放到了售货员的大腿上。而那女售货员患者穿的竟是超短牛仔短裤。就在险象环生的时候，是这个女孩主动站起身来——事情化险为夷、绝处逢生。"脉"的理论是文医生的夫子自道：他每天操持的事务未必是他的文化信念，一如他高调宣喻家庭幸福，私下却背叛着它。祁媛在波澜不惊处发现了时代巨大的隐秘：生活中的不堪和俗不可耐，未必只在那些买首饰却偷窥售货员纤细手指的贱民身上，即便在这些体面的知识分子那里，一样弥漫四方。

戴来的《表态》更尖锐地揭示了当下情感生活同一性的本质。小说情境设置在一个暗夜——看不清任何事物的面目，这时人的交流会发生微妙的心理变化。也就在这样一个暗夜中，小说中人物的心态被呈现出来：一个老者自己贴了一个寻找自己的"寻人启事"。他不为别的，只为能够让自己的老伴儿看见这个"启事"，然后看她是什么态度。于是，"表态"就成为小说所有人物关系的核心枢纽——"我"的前妻要再续前缘等着"我"表态，父母要抱孙子等着"我"表态，女友一夜未归显然是对"我"晚归的报复，也需要"我"表态。那个长者的"寻人启事"

与"我"的当下遭遇，几乎构成了同构关系，长者的现在不仅是"我"的未来，也是"我"的现在。人没有皈依的虚空感弥漫在小说每一个人物的心里和那个暗夜的整个空间。这是一个没有信任和爱的时代，大家心里的最高期许，也就是一个"表态"而已。"表态"是否真实并不重要，重要的是——那是一个心理需要获得的安神剂或止痛药——而与真实没有关系。

张楚的《略知她一二》，是一篇色调非常抑郁的小说。说抑郁是一种阅读的心理感觉：一个二十岁的在校大学生与一个看楼的女宿管、一个半老徐娘发生了不伦关系，这种本应是浪漫、有情调的男女之事，却无论如何让人难以祝福。表面看这是一篇多少有些"色情"的小说，但"色情"只是这篇小说的外壳，里面包裹的是惨不忍睹的悲惨人生。宿管安秀茹的生活如果没有这表面色情是无法揭开的。小说写得相当沉重，读过之后一点色情感都没有：它不是刻意写色情，而是意在言外。张楚就这样将一个根本不会被人注意的普通女人的善良、隐忍甚至浪漫，写得淋漓尽致跃然纸上。在一个最边缘、最底层的地方，绽放出了一朵茁壮和夺目的文学花朵。这"花朵"背后的故事，是如此地令人触目惊心。

关于道德或情义危机，弋舟的小说或许是一个有趣的个案。他的短篇小说《平行》，是他只可想象尚未经验的小说，年轻的弋舟与"老去"甚远。因此，这是一篇"不可能"的小说，那是一个虚构的地理学老教授的经验。老教授在已经老去的时候突然产生了追问什么是"老去"的问题，这与人生的终极之问只有一步之遥。老教授经过几个人之后，获得了外部世界的答案：哲学老教授虽然一以贯之地说："这会是一个问题吗"，同时他用勃起和射精次数回答了他，哲学教授的意思是，你不会勃起和射精，"明白了吗？老去就是这么回事"；前妻用旧情未忘回答他；小保姆用弃之不顾回答他；儿子用将他送到养老院回答他。这些直接间接的回答，从不同的方面回答了地理学老教授的追问。"老去"真是一个悲凉的事件，除了前妻在离婚离家时，因教授追出来给了她一把老式的黑伞，避免了她被抢劫和毁容的危险而对他念念不忘外，其他所有的人，没有一个人真心关心他或认真对待他的追问。老教授终于被自己那个冷漠的公务员儿子送进了养老院。面对一个陌生的环境，老教授陡生了一种莫名的恐惧，一如一个孩童进入了幼儿园。于是他决定"出逃"。经过大半天的时间，他从养老院乘公交车几经辗转，居然穿越了大半个城市回到了自己的家里，居然自己煮熟了半袋速冻饺子，然而，他依旧"老去"到忘记了关好煤气阀门。意外地"出逃"成功，"一次新的重生似乎就在不远的地方等着他。这种感觉不禁令他百感交集，眼里不时地盈满了热泪"。地理学老教授终于找到答案了："老去"，只能用自己的体验找到答案。"老去"就是躺倒，就是与地面平行。"老去"在与地面平行的同时，也就是解脱，就是获得了自由。人生的终极意义付之阙如，当"老去"时，一切是如此现实，"悲凉"几乎是"老去"的另一种解释。情义危机说到底是道德危机的另一种形式。这些作品构成了当下小说创作的新方向，也就是敢于直面当下中国精神难题的努力。

石一枫的不同之处就在于，他关注的精神难题不仅限于男女情感或亲情伦理，而是在更广阔的背景下，通过他的主要人物呈现了我们耳熟能详又习以为常的社会疾患——它既弥散于世道人心，又落地于人们的行为实践。更重要的是，他并不是站在道德制高点，以道德的优越感表达他的发现。他深刻地触及了这个时代的神经和脉搏，因此他更有气象和格局。

三、精神难题如何成为"文学"

当下中国的精神难题或道德危机，表现在"公德"与"私德"两个方面的全面陷落。"公德"是指在公共利益、公共秩序、公共安全、公共卫生等"公共"领域，发生在作为社会公共道德、社会性道德的"公德"领域。在传统中国，"公德"历来缺乏。

梁启超曾指出："我国民所最缺者，公德其一端也。"（11）但在前现代社会，百分之九十的人生活在乡土社会，"公德"的问题并没有凸显出来；而"私德"领域又有相对完备的规范。费孝通先生在《乡土中国》中，分析了传统中国的社会生活与西方的差异，就在于乡土中国是"差序格局"。"差序格局"的概念虽然没有严密的理论论证，是在一种类似于随笔的表达中提出的。但是，这一概念却准确地概括了中国传统社会以宗法群体为本位的社会结构和人际关系的特点。在"差序格局"中，社会关系是私人联系的增加，社会范围是一根根私人联系所构成的网络，因此，传统社会里所有的社会道德也只在私人联系中发生意义。费孝通先生明确地讲到是以家庭为核心的血缘关系，而"血缘关系的投影"又形成地缘关系，中国传统社会以这两种关系为基础，形成"差序格局"模式。或者说，"差序格局"本质上是以"己"为中心的："以己为中心，像石头一般投入水中，和别人所联系成的社会关系，不是团体中的一分子立在一个平面上，而是像水的波纹一般，一圈圈推出去，愈推愈远，也愈推愈薄。""在这种富于伸缩性的网络里，随时随地是有一个'己'作为中心的，这并不是个人主义，而是自我主义。"（12）一是在中国传统社会中，"己"不是独立的个体、个人或自己，而是被"家族和血缘"统治着，他是从属于家庭的个体。二是，"己"作为心理意义上的符号，它是人格自我；但在中国传统社会，"己"不具有独立的性格，它被"人伦关系"制约着，"己"是一种关系体。因此，它也是乡土中国"熟人社会"的基础。进入现代后，"熟人社会"处在不断解体的过程中，但"熟人社会"的观念依然故我。这种变化博弈的过程或缝隙，就是文学生长的所在。

陈金芳从"熟人社会"的乡村走进城市，而城市人际关系的最大特征是"陌生人社会"。但她的处事方式仍然在"熟人社会"的逻辑中展开。她不断建立或扩大自己的交际圈子，不断将陌生人转换为"熟人"，就是试图将乡村社会的处事方式置换到她不熟悉的城市生活中。但城市的"陌生人"在本质上是不可能转换为"熟人"的。城市之庞大不同于乡村，乡村的邻里在咫尺之间，而城市在相互利用为基础上临时建立的"熟人"关系，一旦利用已经实现，他人的消失，就如同一滴水融进了大海。即便再"熟悉"，也不能改变来无影去无踪的可能。因此费孝通先生认为，只有在现代社会中，由于社会变迁，在越来越大的社会空间里，人们成为陌生人，由此法律才有产生的必要。因为只有当一个社会成为一个"陌生人社会"的时候，社会的发展才能依赖于契约和制度，人与人之间的交往才能通过制度和规则，建立起彼此的关系与信任。契约、制度和规则逐步发育，法律就自然地成长起来。所以，陈金芳用前现代的人际关系，在现代城市做投机生意，她失败的命运已先于她而存在了。

但是，在我看来，《世间已无陈金芳》之所以成为一部获得普遍好评的小说，不只是说石一枫通过陈金芳提出了当下中国的精神难题，是一部难得的社会问题批判小说，更重要的是他处理这一问题时的文学方法。石一枫清楚地认识到："作家贯穿在写作中的对时代的总体认识，应该是一种'文学的总结'，而不是'社会学的总结'或者'经济学的总结'，这种总结是灵活多变的，千人千面的，而非单一地用某种理论对社会进行图解分析。没有理念思想的作家比较低矮，但理念思想如果缺乏原创性，可能也是一种虚弱的高大。"[13] 陈金芳为了"只是想活得有点儿人样"，不惜在"公德"和"私德"两个方面洞穿底线，但并没有引起我们对她彻底的厌恶或憎恨。小说明显高于同类题材的其他作品，重要的一点就是石一枫写出了陈金芳的多面性或复杂性——一方面，她是一个带有于连·索黑尔、盖茨比式的人物，为了目的她不择手段；一方面，她又是一个向往美好、性格上甚至还有些浪漫主义色彩的人物。这与石一枫在小说总体构思中设置的一条情感线索有极大的关系。"我"与陈金芳就是一个同学关系，两人在学校时过从并不密切。即便多年后再度邂逅，也没有情感方面的瓜葛。但是，两人的关系又是一种若即若离、似有还无的关系。在两人的关系中，陈金芳是态度积极的一方。这源于中学时代陈金芳对"我""提琴生涯"的好奇或迷恋。一天晚上"我"练琴时——

　　我在窗外一株杨树下看到了一个人影。那人背手靠在树干上，因为身材单薄，在黑夜里好像贴上去的一层胶皮。但我仍然辨别出那是陈金芳。借着一辆顿挫着驶过的汽车灯光，我甚至能看清她脸上的"农村红"。她静立着，纹丝不动，下巴上扬，用貌似倔强的姿势听我拉琴。

　　也不知是怎么想的，我推开了紧闭的窗子，也没跟她说话，继续拉起琴来。地上的青草味儿迎面扑了进来，给我的幻觉，那味道就像从陈金芳的身上飘散出来的一样。在此后的一个多小时中，她始终一动不动。

这一场景从第一天开始，演奏者和倾听者的身份就"固定下来"，陈金芳每晚八点左右会准时出现在"我"的窗下，而"我"在拿琴试音之前也会情不自禁地看看有没有那个人影；而且"我"发现，陈金芳在发生着变化——她个头高了，身体的轮廓也发生了变化："如果仅看剪影，任谁都会认为那是一个美好的、皎洁如月光的少女。不知何时开始，我的演奏开始有了倾诉的意味，而那也是我拉琴拉得最有'人味儿'的一个时期。"这一讲述的态度或口吻，我们会明显体会到，那里有一种隐约流淌的涓涓细流，它与情感有关，同时也为后来两人进一步接触埋下了伏笔。对陈金芳而言，这几乎是她少年时代唯一的美好记忆，这个记忆不仅是同学年少的怀旧，同时那里也有微茫的、还没有被她认识的"诗意"。台湾学者黄文倩认为音乐在陈金芳内在自我形成中起到了重要作用，并讨论了"底层的精神幻象及其生产"，她认为，小说中的我"对中国资本主义化与现代性的虚幻性，仍未能找到更有效的质疑与克服的法门，'我'的各式主体困境，跟陈金芳的上升困境，在这个意义上，共同作用出中国目前底层的'精神'幻象"。[14]这一看法是一个角度，但离小说过于遥远。事实上，音乐或小提琴的声音一直弥漫在小说中，它几乎是陈金芳少年时代唯一值得珍视的"高级文化"记忆，她仰望并且神往，正是这一"声音"，构成了陈金芳与"我"的情感线索。"我"也曾经感慨"面对着现在的她，我已经无法想起十来年前站在我窗外听琴的那个女孩了。当年的她仍然在我的记忆里存在"。因此，音乐在小说中的作用，不只是为情节发展穿针引线，同时也是一个与人物有关的"情感线索"。这一线索看似不经意，但恰恰是小说的神来之笔和高明之处。

当然与其说陈金芳喜欢音乐，毋宁说陈金芳更喜欢"我"。当她听说"我"早已不再练琴时，流露出的是倍加惋惜；她在自己的生日晚会上，甚至请来了世界顶级室内乐团来"唱堂会"。陈金芳真实的想法是希望"我"能在这样乐团的伴奏下露一手，定下的曲目都是"我"最熟悉的柴可夫斯基的《D大调第一弦乐四重奏》。但却极大地伤害了"我"那脆弱的自尊心，同时也将"我"惯于任性撒娇的性格推向了顶点。当然，一个人的生活并不完全是由他的爱好或精神向往决定的。陈金芳虽然向往高级文化生活，喜欢与音乐有关的"我"，但这些并没有改变她追求物质生活的终极目标。那份对高级文化生活的向往，也最终沦为她极度虚荣、装点身份"等级"的一部分。

小说中的"我"，貌似无关紧要，但他从另一个方面"映照"了陈金芳。或者说，如果没有"我"的游手好闲、漫不经心，陈金芳膨胀的野心就不会凸显得这样彻底或抢眼。"我"代表这个时代的另一种精神样貌：既不像陈金芳那样没见过世面急于出人头地，也不像那些心怀发财梦的专业投机客。他心无大志，更无大恶，酷似先锋文学或后现代小说中走出的人物。他为陈金芳介绍各色人等，也混迹其间，看似热闹，内心却茫然不知所终。"我"的精神状况，是这个时代精神状况的一部分。"我"的虚无主义同样是当下的精神难题。如果从更广阔的意义上说，石一枫的小说不仅接续了 19 世纪文学的批判现实主义的传统，同时也吸纳了 20 世纪现代主义、后现代主义文学的元素。在关于"我"的讲述中，尤其体现了石一枫的语言才华。石一枫的小说语言有极高的辨识度，流畅无碍中机智生动、趣味无穷又有不可置换的时代色彩，他文学语言的个人性一览无余。

石一枫还有一篇专门写与音乐有关的小说《合奏》，小说只有两个人物。读过《合奏》，我内心惊诧不已。这篇小说应该不是这个时代的小说，它特别酷似我 80 年代读过的礼平的《晚霞消失的时候》、胡小胡的《阿玛蒂的故事》或者是郑义的《枫》等。《合奏》里流淌的是 80 年代的情感和处理方式。如果是这样的话，我更加坚信我的判断，石一枫是这个时代为数不多的还怀有理想主义情怀的青年作家。《地球之眼》是通过庄博益、安小男和李牧光三个同学不同的生活道路和内心追求来结构小说的。但是，小说又非常写实地铺设了一条安小男的身世线——他十岁时父亲蒙冤跳楼去世，母亲在肉联厂洗猪肠子。不公平是安小男追问道德问题的生活依据。他的事出有因，不是建立在虚无缥缈的想象基础上的;《营救麦克黄》本来是寻找营救一条狗，但小说峰回路转变换为营救一个乡村小女孩。不同的线索，构成了小说对话、互动和隐喻间的关系，使小说的内涵更为丰富而避免了简单和直白。

80 年代以来，中国文学经历过欧风美雨的沐浴。但是现实主义一直是文学的主潮。但是值得注意的是，现实主义并不是一个保守的、一成不变的文学观念。甚至可以说，包括先锋文学在内，有价值的因素都被吸纳到现实主义的文学创作中，构成了现实主义全新的、具有极大包容性的一个文学观念和系统。当然，创作方法部分地涵盖了作家对生活与文学关系的认知，但还不是全部。更重要的还是在于作家的价值观。石一枫也认为："小说是一门关于价值观的艺术。所谓和价值观有关，分为三个方面，一是抒发自己的价值观，二是影响别人的价值观，三是在复杂的互动过程中形成新的价值观。在文学兴盛的时代，前两个方面比较突出，比如古人'教化'的传统，还有 20 世纪 80 年代的思想解放运动。然而到了今天，文学尤其是纯文学式微了，影响不了那么广大的人群了，也让很多人认为过去坚守的东西都失效了。但我觉得，恰恰是因为今天这个时代，对价值观的探讨和书写才成为了文学写作最独特的价值所在。"[15]这是新一代作家关于文学价值观的宣言，他是在向传统致敬。他在回到传统、回到人间，让我们在文学中驻足的同时，也体味了我们置身的这个时代的悲痛与欢娱、沉重与希望。也正是对文学有了这样的认识，石一枫才有了敢于直面当下中国精神难题的勇气。而他充分的文学准备，为他的文学腾飞、继承一个伟大的文学传统，提供了坚实的专业基础。因此我们有理由对他怀有更大的期待。

注：

（1） 我曾用这样的表达概括 2009 年的中篇小说创作状况。见《当代文坛》2010 年第 1 期。
（2） 王文、刘巍巍：《贾平凹：做时代的记录者是我的使命》，见《新华每日电讯》2013 年 6 月 14 日。
（3） 沈大力：《敲响西方文论的警钟——当前法国文坛上发生的一场激烈讨论》，《文艺报》2007 年 12 月 1 日。
（4） 德国慕尼黑作家格奥尔格·M.奥斯瓦尔德（Georg M.Oswald）语。见乌尔里希·吕德瑞尔《文学与速度——从 20 世纪 90 年代至今日的德语文学——〈红桃 J——德语新小说选〉跋语》，上海译文出版社 2007 年 8 月版。
（5） 同上。
（6） 吴玄：《告别文学恐龙》，《当代作家评论》2003 年第 3 期。
（7） 邵燕君：《你的任性与我何干——一个文学职业批评者对作者与读者关系的思考》，2015 年 1 月 1 日与笔者文学通信。
（8） 石一枫给笔者的文学自传。
（9）（10）（13） 李云雷、石一枫：《"文学的总结"应是千人千面的——石一枫访谈录》，《创作与评论》下半月刊 2015 年第 5 期。
（11） 夏晓虹．梁启超文集 [M]. 北京：中国广播电视出版社，1997 年 109 页。
（12） 费孝通：《乡土中国》，北京大学出版社，1998 年 27-28 页。
（14） 黄文倩：《底层的"精神"幻象及其生产——论石一枫〈世间已无陈金芳〉》，《雨花·中国作家研究》2016 年 7 月。
（15） 石一枫：《我所怀疑和坚持的文学观念》，《文艺报》2014 年 5 月 21 日。

宁肯心灵还乡时

——序宁肯的短篇小说集《北京：城与年》

宁肯长在北京，就是北京人。但宁肯的小说一直没有写北京；宁肯另一个特点是只写长篇，不写中、短篇。但是现在不一样了，宁肯的《北京：城与年》系列，都是写北京城的，而且都是短篇小说。这个变化显然是宁肯的有意为之。在我看来，北京城肯定是越来越难写了。这不仅是说老舍、林海音、刘绍棠、陈建功、史铁生、刘恒、王朔、石一枫等文坛长幼名宿有各式各样写北京的方式方法，而且也将北京生活的各个方面、各种人物、各种灵魂写得琳琅满目活色生香。在一个无缝插针的地方重建一个新的小说王国，其艰难可想而知。但是，宁肯还是带着他的小芹、五一子、黑雀儿、大眼儿灯、四儿、大鼻净、小永、大烟儿、文庆等一干人马，走向了北京、当然也是中国的历史纵深处。

宁肯写的是北京城南。那里的场景让人情不自禁地想起林海音的《城南旧事》。不同的是，小英子的天真、善良被一群懵懂、无知和混乱的少年所取代。这是 70 年代的北京。在时间的维度上，这是一个在"皱褶"里的北京。它极少被提及，更遑论书写了，虽然我们知道其中的原因。但更重要的是，这一时间在历史的链条中不能不明不白地遗失了。如果亲历过的作家不去书写，以后就不会有人以亲历的方式去书写。宁肯显然意识到了问题的严重性。于是，他将心灵重返故里的创作内容，果断地推后了四十多年。

　　四十多年前的历史和生活，今天的作家会有怎样的记忆，他将为我们提炼出什么样的"硬核"知识，他记忆中的那些细节会本质地反映那个时代吗，他会复活我们共同的记忆吗？这是我们对作家的期待和追问，当然也隐含了我们的自我考问。在我看来，宁肯笔下的历史生活和人物，向我们展示了这样几个与文化政治相关的问题——

　　首先是人性的荒寒。《防空洞》，开始写孩子们在院子里挖防空洞的戏仿，本来是孩子时代性的游戏，但是，黑雀儿从学习班出来后不一样了。他要大干一场，要挖真的地道。于是，院子当中被挖开一条黑色的口子，这时，时代的荒诞性便如期而至。热火朝天的劳动场面伴随着老戏匣子里电影录音剪辑的

《地道战》，一个时代的生活剪影就这样塑造出来了。小说主要写张占楼和黑雀儿"杠上了"，黑雀儿虽然打架斗殴，但知道人民内部矛盾和"敌我矛盾"。张占楼有历史污点，曾在傅作义的铁路局工作过，是留用人员。黑雀儿一吓唬张占楼，张占楼一家全都筛了糠。但黑雀儿只和张占楼一个人过不去，当张占楼老婆独眼祈氏、女儿张晨书在众目睽睽下跪下时，黑雀儿说："三奶奶，我是胡说八道，吓唬三爷爷呢，起来，您快起来，我是真的胡说八道。"黑雀儿用力搀起三奶奶，眼圈儿都红了："您把我三爷爷拉回去吧，别让他管这事儿了，苏修老要突然袭击咱们，不光是扔炸弹主要是扔原子弹，还有氢弹，原子弹冲击波一来房子就全倒了，没地儿躲没地儿藏，真的说不准什么时候就扔下来，您拉他回去，我真是吓唬他，突然袭击就几分钟的事儿，家门口有个洞还是好，真的，我们'学习班儿'都放过片子。"黑雀儿对三奶奶好，是因为他爹头几年吊打黑雀儿满院子没一家吱声，只有瞎了一只眼的三奶奶劝过。张占楼毕竟因历史污点心虚，他被拽走时缓过点来甩了一句："黑雀儿，你早晚遭报应。"黑雀儿笑："我操，我还怕报应，我就是报应。"黑雀儿的浑不论只一句话便形象全出。在《火车》中，善良的小芹因为有零花钱，"每次出门远行小芹都会给我们买冰棍，去时一根回来一根，还买过汽水呢。汽水一毛五分钱一瓶，当然不是每人一瓶，五六个人一瓶，你一口我一口分着喝，喝着喝着我们就打起来"。回家后姥姥骂小芹，小芹没有反抗的办法，刚回家只好又跑到大街上。"我们毫无同情心，没有一次到街上看看小芹。"不可理喻的姥姥以及家长、孩子等人与人之间的关系莫名其妙。这种关系就是一个时代的缩影。但是，一到了火车上，这些孩子又是另外一种状况，尽管他们生活贫困又贫乏，但他们谈论的都是天大的话题——

随便上到一辆尾车上，像以往一样，像一种固定的仪式，所有人的头习惯性地凑到一起。

"海外来人了。"

"第三次世界大战就要打起来了。"

"联合国军已经登陆。"

对孩子来说，这种大而无当的话题是没有任何营养的，以至于当火车开走，男孩子跳下车，而女孩子小芹被火车拉走的事情，他们都没有告诉小芹的姥姥，姥姥三个月之后死去了。没有同情心，缺乏人性，在孩子相处的过程中被表达得格外触目惊心。一年多以后，小芹回北京时，他们已是满口脏话，传统文明就这样在孩子的口语中被彻底颠覆了。更令人震惊的是小芹因抄了一整本《少女之心》，被警察带走了。小说让人感动的还是四十年之后——

> 虽然我们院早已不存在。费尽了周折。有一天终于打通小芹父亲的电话。小芹的父亲不知道我是谁，我具体描述了当年的自己，然后我听到了小芹母亲的声音。小芹母亲接过了电话，给了我小芹的电话。
> 这天晚上，我拨通了小芹的电话。

人性通过时间漫长的隧道重临人间，但一切早已物是人非。《探照灯》中，四儿在夜间和小朋友玩耍时划破了脸。回家时，"大眼睛的父亲披衣出了被窝，拿着镜子上上下下给四儿照，四儿看见了自己紧张起来，母亲给四儿慢慢上紫药水、红药水，像化妆一样。翻砂工父亲照完镜子一掌掸过来，四儿应声倒下，一声都没有，好像睡着了。母亲继续上药，像什么也没发生一样，更像化妆"。父亲的凶狠在掸过来的一掌中淋漓尽致。人性的荒寒，不只是说大人孩子对具体人与事的情感态度，同时也包括社会对"身份"的态度。《黑雀儿》中黑雀儿爹，似乎就是一个"身份不明"的人——

黑雀儿的厚嘴唇的爹的工资不会因拉氧气瓶多一分，这也和职业板爷计件不同，虽然他是临时工——工资本可不固定——却像正式工一样工资是固定的。所谓正式工即国家的人，理论上还是国家的主人，主人怎么能计件工资？是固定的。黑雀儿爹不是正式工自然也不是主人，但又干着主人的活，没人能说清楚他。但有一点是清楚的，可以随时被辞退，主人是铁饭碗没有辞退一说，因为理论上行不通。但临时工不同，上午说了下午就得离开，这点甚至不如走资派、历史反革命、反动学术权威诸如此类。

但是，黑雀儿爹到哪里去讲理呢。同是在北京厂甸一带生活，《城南旧事》中小英子眼中的人与事，无论大人还是孩子，以及心理层面的善与爱，与《防空洞》《火车》和《探照灯》中的大人孩子们，竟是如此的不同。

其次是物质生活的贫困和精神生活的贫乏，这在《火车》的日常生活中呈现出来。小说的讲述者是一个四十年后满头银发、雪山似的、身体短小如藕节的侏儒。他不是生活的主角，他只是一个可有可无的参与者和旁观者。我们看到孩子们为了几分钱，几乎费尽心机。小芹的父母在新疆，每月给她五元零花钱由姥姥掌控。去铁道边游玩她请大家坐车，先是五一子不上车，跟在公交车后面跑，几站地后所有孩子都下了车，就是为了省下几分钱；小芹姥姥——一个不知是有文化还是没有文化的老太太，和自己的外孙女算计一两粮票。小芹的零花钱包括早点钱，每天一个油饼，八分钱，另外的七分钱才是零花。粮票可以兑钱，或者也是钱，油饼要是交一两粮票可以省二分钱。为了这一两粮票，小芹跟姥姥打了好长时间；《探照灯》中四儿和大个子两个人吃饭，"糙米饭，馒头，窝头，这些都和大家差不多。不同的是四儿有菜，白菜帮子或萝卜条，偶尔里面有几根粉条。大个子就是腌萝卜老咸菜，哪怕吃最难吃的糙米饭也如此。四儿有时拨一点白菜帮子粉条给大个子，大个子有时也会干笑有时不。大个子屋里的火炉子上永远烧着水，滋滋响。茶和烟——大个子主要就是活在这两样里，牙都完全黑了"。这是这些人物基本的物质生活条件。贫困的物质生活让人没有尊严可言。《黑雀儿》中的黑雀儿爹，"每天下班见谁都点头哈腰又躲躲闪闪，以至他的目光看上去和他的厚嘴唇完全不同，阴晴不定，没人知道是怎么回事。多年来竟也没人发现他的古怪行为。哪怕就算是这些天拉氧气瓶，最后也是这个麻烦又多此一举的回家程序，他趴在牛头把上，同样眼直勾勾的，别人是空车他还拉着破烂儿"。他之所以如此，就是因为他还是一个兼职拾破烂的,是生活的重压让他卑微得直不起腰身。黑雀儿一家的物质生活的贫困境况,是小说中最具典型性的。

日常生活的乏味和无聊很难书写。这种乏味和无聊,与西方现代派小说和后现代小说完全不同。西方现代小说有一个隐含的对话关系,它们或是反抗,或是解构,都有一个面对的对象,有一个具体的文化指向。但宁肯的小说不是,他要正面书写那个年代的贫乏空虚,并要通过一个个具体的场景或物件形象地表达——

> 我们一有清晰记忆就赶上了"破四旧",脑袋像归零一样,当插队的哥哥姐姐带回扑克牌,我们无比惊讶,世界竟有这种新鲜玩意儿,神奇极了。我们当然玩不上,一向被世界忽略。但并不妨碍我们创造自己的世界。我们撕了作业本,裁成五十四张同样大的纸,写上红桃黑桃方块梅花和数字,大猫写上大猫,小猫写上小猫,也是一副牌。我们玩大百、小百、升级、争上游、憋七,甚至带到火车上玩。我们坐在两边铁椅子上,像开会一样,非常神秘,一点也不觉得那些破纸可笑。发现真正的扑克牌那堆烂纸立刻被我们扔到窗外,随风飘散。五一子和小芹一头,大烟儿灯和文

庆一头玩起对家，小永和大鼻净围观，替补。五一子
让我把门关上。

　　精神生活的贫乏，可能是宁肯少年时代最深的创伤记忆。
在《探照灯》里有这样一段描写："每年一进九月就有探照灯。
四儿数过有三十六根，我们谁也没核实，数不过来，数它干
吗？探照灯明明暗暗，有的很淡，一会儿合起来，一会儿散开，
一会儿分组交叉，一会儿整体呈一个几何图形，又简单，又不
解，还数它真是撑的。一般在九月十五号左右出现，但我们早
早就开始仰望星空。真是仰望，个个都很肃穆。我们不知道康
德，不知道李白，不知道牛郎织女。就是干看，有时你捅我一
下我捅你一下，捅急了打起来，打完再看。"对"探照灯"——
星空的好奇，不是知识性的讨论，也不是与想象力有关的思
考。下面这个场景从一个方面写出了孩子脑子里空空如也的生
动性：

　　　　我们站在当院的小板凳上，小桌上，台阶上，窗
　　台上，高高低低，有着几乎自然界的层次，我不能说
　　是猴山，但和人也真有点区别。有人还上了房站在了
　　高高的两头翘起的屋脊上。对于星星我们一无所知，

月亮稍好一点，知道嫦娥，猪八戒调戏嫦娥，仅此而已，不甚了了。我们有着极大的耐心面对浩渺的星辰，说赤子之心真的不为过，真是赤子，赤得什么也没有。我们等，直到屋脊上的人突然大喊："探照灯出来了！""我看到了！""就在那边！"

《黑雀儿》中有一场黑雀儿追咬蝈蝈的场景——

　　蝈蝈跑，黑雀儿追，喊声响彻后青厂，一前一后，穿过顺德馆，又折回穿到前青厂，永光寺西街，后面刮风似的跟着"观众"。蝈蝈原本疢货，外强中干，又肥，跑不快，几次被尖嘴猴腮的黑雀儿追上，无论屁股肩头咬上一口。黑雀儿几次被打倒，被使劲踢，踩，踹，鼻子，眼睛，嘴都给踩烂了。蝈蝈跑，黑雀儿爬起来追，扑，尖叫……蝈蝈总算跑回了他们院，插上街门。黑雀儿蹲，跳，砸。

没有人劝阻，没有人难过。大家像节日一样欢快无比。一如当年看菜市口杀人一样。地点和情景惟妙惟肖。

最后，是《北京:城与年》对直接经验的书写。当下的写作，直接经验越来越少，身体不必挪移许多事情便迎刃而解，于是间接经验越来越多。因为传播间接经验的方式和手段越来越多。也正因为如此，书写直接经验的作品也越来越弥足珍贵。小说中的生活，特别是少年时代的生活以及精神状况，同样是我亲历的。宁肯本质地写出了那个时代的生活。敢于走进历史深处，是一种"逆向"的写作。现在的情况是，普遍信奉一种"当下主义"的时间观，在这种时间观里，我们失去了很多经验。经验主义要不得，但经验非常重要。过去的时间观是"厚古薄今"，现在是"厚今薄古"。如果坚持今天的时间观，历史将会毫无意义，历史和传统正是通过经验的不断重演形成的，一如本雅明所说，那是一些实践上有用的"传世忠告"。但是，当下主义经验的匮乏，失去的是经验的连续性。在宁肯的小说中，那些忠告不只是文化的，比如《地道战》《铁道卫士》，安东尼奥的《中国》，还有《曼娜回忆录》（也叫《少女之心》)、《基度山恩仇记》《第三帝国的兴亡》《梅花党》《绿色尸体》《李宗仁归来》《长江大桥》等文化符号，同时也是文化政治。文化政治是宁肯小说最重要的元素。对中国来说，历史和现代的文学，文化政治一直没有缺席，而且是最重要的表达部分。宁肯深受这一文化传统的影响，他的小说——过去的长篇，今天的短篇，都有文化政治鲜明的色彩。这也是为什么宁肯小说重要的原因之一。宁肯在创作上的"还乡",就是心灵的还乡。过去,他是人在北京"生活在别处",现在,心灵的游子归来,一头扎进了北京南城的历史,那是他过去的情感和经验,也是与老舍、林海音、刘绍棠、陈建功、刘恒、王朔、石一枫等人的潜在对话。

后记

　　这是一本专门评论深圳文学的评论集。多年来，由于工作和个人兴趣，我先后写了一些深圳作家的评论。这次有机会编为一集我很高兴。首先要感谢作家出版社的路英勇社长，他慨允这本书的出版让我喜出望外。现在书号紧张，尤其是文学评论，除了狭小的专业读者，很少有人问津。但路社还是答应了本书的出版，当然，他肯定也有自己的苦楚；感谢深圳职业技术学院深圳文学研究中心的鼎力支持，感谢责任编辑郭汉睿女士和乔永真先生，他们的认真和高效也让我非常感动。

　　集子大体分三个部分：一是这几年对城市文学的理论思考；二是对深圳作家的评论；三是几位其他作家与城市文学有关作品的评论。特此说明。

2019 年 3 月于深圳职业技术学院深圳文学研究中心

图书在版编目（CIP）数据

城市文学的兴起与实践：以深圳文学为中心 / 孟繁华
著 . -- 北京：作家出版社，2021.12
ISBN 978-7-5212-1516-8

Ⅰ . ①城… Ⅱ . ①孟… Ⅲ . ①中国文学 - 当代文学 -
文学研究 Ⅳ . ①I206.7

中国版本图书馆CIP数据核字（2021）第177857号

城市文学的兴起与实践：以深圳文学为中心

作　　者：孟繁华
出版统筹：汉　睿
责任编辑：乔永真
装帧设计：天行云翼·宋晓亮
出版发行：作家出版社有限公司
社　　址：北京农展馆南里10号　　邮　　编：100125
电话传真：86-10-65067186（发行中心及邮购部）
　　　　　86-10-65004079（总编室）
E-mail:zuojia@zuojia.net.cn
http://www.zuojiachubanshe.com
印　　刷：三河市紫恒印装有限公司
成品尺寸：142×210
字　　数：170千
印　　张：9.25
版　　次：2021年12月第1版
印　　次：2021年12月第1次印刷
ISBN　978-7-5212-1516-8
定　　价：58.00元